Habibis Reise

„Auch aus Steinen,
die einem in den Weg gelegt
werden,
kann man etwas Schönes bauen."

Johann Wolfgang von Goethe

Für Hayfa, Habib, Julia & Rashid.

© 2021, Jochen Nage
Herstellung und Verlag: BoD - Books on
Demand, Norderstedt
ISBN: 9783754333778

1

Es war einmal ...

Es war einmal. Es war einmal, so fangen alle Märchen an. Ob Habibis Reise eine märchenhafte sein wird, müsst Ihr, werte Zuhörerinnen und Zuhörer, liebe Leserinnen und Leser, am Ende selbst entscheiden. Manchem von Euch wird es so vorkommen, wie ein Märchen. Für manchen von Euch wird es sich wie ein Alptraum anfühlen. So ist es häufig bei guten Geschichten. Und bei spannenden Geschichten.

Aber ich schweife ab und greife voraus. Das hätte Habibi gar nicht gefallen, gar nicht gefallen. Daher will ich an den Anfang zurückkehren. Denn oft zeigen sich in unserem Leben die Wunder erst im Blick zurück. Also alles auf Anfang. Blicken wir zurück. Es war einmal …

2

Aleppo (Syrien)

Es war einmal, so soll auch Habibis Reise beginnen. Sie beginnt im fernen Aleppo, der zweitgrößten Stadt in Syrien. Nach Damaskus natürlich, der Hauptstadt. Aleppo liegt am Fluss Quwaiq und hat mit der berühmten Zitadelle mindestens eine   herausragende

Sehenswürdigkeit. Mehr als zwei Millionen Menschen lebten hier im Norden Syriens, gar nicht so weit entfernt von der Grenze zum Nachbarland Türkei.

Aleppo ist eine der ältesten Städte der Welt und nimmt einen strategischen Punkt zwischen dem Mittelmeer und dem Fluss Euphrat ein. Sie war schon historisch als blühender Handelsplatz bedeutend, lag sie doch an der Kreuzung zweier Handelsstraßen nach Indien sowie der Euphrat- und Tigris-Region mit Damaskus.

Ursprünglich auf einer Hügelgruppe nahe der breiten, fruchtbaren Senke auf beiden Seiten des Quwaiq Flusses errichtet, ist Aleppo nach Mekka Hauptstadt der islamischen Kultur. Mit der Entdeckung des Seeweges um das Kap der guten Hoffnung ging Aleppos Wichtigkeit jedoch zurück.

Früher war die Region bekannt für die Feuersteinindustrie und Keramik. Heute sind die Hauptexportgüter der Stadt hauptsächlich Weizen, Baumwolle, Pistazien und Oliven.

Es ist der Abend des 7. Januar 2010. Habib wird in drei Tagen zwanzig Jahre alt werden. Ein junger Mann, der langsam ans Erwachsenwerden denken muss. Und ans heiraten. Sein Vater und sein Onkel reden ihm ständig gut zu. Sie denken laut über die richtige Braut nach, aber Habibi, wie er liebevoll genannt wird, will lieber jung und frei sein.

Mit seinen Freunden donnerstags ausgehen. Feiern. Am Ufer des Flusses spazieren gehen und die unsagbaren Düfte der Restaurants und offenen Grills aufnehmen. Den Wind, der auch die Palmen in Flussnähe zum Wiegen bringt, durch sein lockiges Haar wehen lassen. Und warten, bis die Nacht hereinbricht, um dann mit seinen Freunden zu sitzen und zu erzählen. Was sie erlebt haben. Wovon sie träumen. Wer wohl ihre große Liebe werden wird und so weiter und so weiter. Was junge Männer eben reden.

Die Verbundenheit mit anderen macht das Leben aber eben nicht übersichtlicher. Manchmal war Habib doch verwirrt, wenn seine Freunde, wie der schlanke Murat, schon ganz genau wussten, welche Frau sie heiraten und wie viele Kinder sie bekommen würden. Pardon, natürlich ihre Frauen.

Oder welchem Beruf sie nachgehen wollten. Oder warum sie doch in die Hauptstadt zum Studieren gehen wollten. Dann blickte er verträumt in die arabische Nacht und sah hinauf zu den Sternen, die am Himmel glänzten und die dunkle Finsternis erhellten.

„Was suchst du wieder am Firmament?" wollte Murat wissen. „Ach," antwortete Habib, „ich verstehe gar nicht, wie du schon so genau wissen kannst, wie dein Leben verlaufen wird. Ich arbeite jeden Tag für meinen Vater und seinen Bruder. Bald bekomme ich den Führerschein. Dann kann ich sie mit dem Wagen noch besser unterstützen. Eigentlich könnte es doch so weitergehen. Für alle Tage. Warum heiraten? Was passiert dann mit uns? Ich suche nach Antworten," sagte er mit seinem wie so häufig nachdenklich bekümmertem Gesicht.

„Inschallah," rief Omar. „Allah und der Prophet sowie unsere Väter wissen, was gut für uns ist. So war es, so ist es und so bleibt es."

„In der Tat," warf Murat ein, „dann müssen sie nur noch auf unsere Mütter hören."

Alle lachten schallend hinaus in die Nacht. Auch Habibi. Glücklich ist, wer über sich selbst lachen kann. Er wird immer etwas finden, das ihn belustigt. Morgen war ein neuer Tag. Morgen war Freitag. Er würde ausschlafen. Er würde wahrscheinlich zum Gebet in die Moschee gehen. Und er würde seinem Vater helfen. Wie immer.

Die Verbundenheit mit anderen macht das Leben nicht leichter, dachte er, aber sie macht es interessanter. Mit diesen wunderbaren Gedanken wandte er sich seinen Freunden zu, die jetzt hungrig

waren und sich ihre Bäuche voll-
stopfen wollten. Ein kleines Meze
mit einem leckeren Petersiliensalat.
Vielleicht ein Spieß mit Hackfleisch
vom Kamel mit gelbem Reis. Vielleicht ging noch ein Milchreis allein mit Zimt und Zucker oder eine
süße Köstlichkeit aus Blätterteig
mit Pistazien und in ganz viel Honig getränkt. Hm, lecker. Und danach mit einer Zigarette und einem Cay - einem schwarzen Tee o-
der einem Minztee - den Abend und
die Nacht miteinander genießen.
Morgen war ein neuer Tag. Bukra -
morgen.

3
Aleppo (Syrien)

„Habib," hörte er die strenge Stimme seines Vaters. Wenn er ihn mit seinem Namen und nicht mit seinem Kosenamen „Habibi" rief, dann hieß das nichts Gutes. Was hatte er nur schon wieder? Heute musste das Geschäft doch noch nicht öffnen. Wenn überhaupt jedenfalls nicht derart früh.

„Habib, wo bleibst du Langschläfer nur."

Jetzt wurde es ernst. Noch einmal sollte er ihn nicht rufen müssen. „Ja, Baba, was ist denn. Ich komme ja schon," antwortete er mürrisch und auch noch müde von der kurzen Nacht.

Und dann hörte er es. Der Muezzin rief laut und vernehmlich zum Gebet. War es wirklich schon so spät? Hatte er so lange geschlafen? Eigentlich mochte er den Ruf des Muezzin. Er beruhigte ihn. Es war der Wohlklang der Stimme, die immergleichen Worte, der verlässliche Ablauf des Tages und die Ruhe und Kraft, die aus dem Minarett schallten. Gut, sie kamen heute fast überall vom Band und wurden über Lautsprecher übertragen, aber die Faszination blieb. So träumte er den einen Augenblick zu lange.

„Habib!"

Fast schon wie ein Befehl klang der Ruf seines Vaters, der inzwischen mürrisch geworden war. Beim Freitagsgebet verstand er keinen Spaß. Habib machte sich auf die wiederkehrende Belehrung gefasst.

Baba runzelte aber nur die Stirn, zupfte sichtlich verärgert an seinem Bart und kniff ein Auge zu, sodass die Augenbrauen sich deutlich nach unten bewegten. Das war schlimmer wie seine Standpauke.

In Habibis Kopf klangen die Worte der letzten väterlichen Vorträge noch nach: „Das Freitagsgebet ist eine im Koran verankerte religiöse Verpflichtung. Sie gilt für jeden guten Muslim. Auch für dich, Habib. Allein für die Frauen ist es nur eine

Empfehlung. Und, wie du siehst, nimmt deine Mutter sie sehr ernst."

Am liebsten wäre Habib im Boden versunken. Denn er wusste es ja genau. Das Gebet am Freitag ist das wichtigste Gebet der Woche und soll nach Möglichkeit in der Freitagsmoschee verrichtet werden. Es ersetzt an diesem Tag das Mittagsgebet. Der Koran schreibt vor, dass die Gläubigen, wenn sie vom Muezzin zum Freitagsgebet gerufen werden, zum Gebet eilen und den Handel ruhen lassen.

So hielt es sein Vater. Und so sollte auch er es halten.

Schließlich folgte Baba einer heiligen Tradition. Den Überlieferungen nach fand das erste

Freitagsgebet auf dem Wochenmarkt von Medina, der heiligen Stadt, statt. Weil an diesem Tage alle Muslime versammelt waren, war das Mittagsgebet besonders gut besucht. Der Prophet nutzte es, um die Fragen der Gläubigen zu beantworten, Streitigkeiten zu schlichten und eine Ansprache zu halten. Anschließend fand das Gebet statt. Und so wie es begann, blieb es bis heute.

Mit gesenktem Haupt, hängenden Schultern und verschämten Blick lief Habib mit gebührendem Abstand hinter seinem Vater zur Moschee. Es war die berühmte Umayyaden-Moschee aus dem zwölften Jahrhundert am nördlichen Rand des überdachten Suk. Was hatte das zu bedeuten? Normalerweise genügte es doch, wenn sie in das Gotteshaus in ihrem Viertel gingen. Ihm schwante nichts Gutes. Und dass nur zwei Tage vor seinem Geburtstag.

Aufmerksam lauschte Habib den Worten des Imam bei der Predigt. Vorbildlich neigte er sich zweimal gen Mekka und betete ganz in sich versunken. Hin und wieder schaute er nach den wertvollen Holzschnitzereien und den verspielten Verzierungen in den Nischen der Fenster. Und ein ganz klein wenig grübelte er auch.

Nach dem Gebet sprachen die älteren Männer noch eine Weile mit dem Imam. Habibi saß in der wärmenden Sonne, schaute fasziniert auf den großen Platz der Moschee sowie die langgezogenen Säulengänge und ließ seine Gedanken treiben.

Er schlenderte durch den historischen Basar, der unmittelbar neben der Moschee in sein fast schon babylonisches Wirrwarr, einem Labyrinth aus Gängen und Läden einlud. Das weltweit größte überdachte Marktviertel, Teil des UNESCO Welterbes, zog ihn immer wieder in seinen Bann. Weihrauch zog durch die Wege, Gewürze türmten sich zu bunten Bergen, Tee und sein Lieblingsgetränk, der starke arabische Kaffee, konnten allüberall gekauft und getrunken werden. Geschmeide, Tuch, Wasserpfeifen, Krummdolche - ach, einfach alles, was das Herz begehrte, konnte hier bei einem guten Handel erstanden werden. Vielleicht sollte er doch Händler werden, wie sein Vater? Oder lieber Schneider, um Samt und Seide zu farbenfrohen und anmutigen Kleidern zu verarbeiten?

„Habib," hörte er die jetzt nicht mehr ganz so strenge Stimme seines Vaters. Mit ihm näherte sich sein Onkel. Und schon waren die wunderbaren Träumereien wieder verschwunden.

„Ja, Baba," antwortete er rasch, um den vergangenen Ärger nicht erneut aufzuwühlen, „was gibt es denn, lieber Vater?" Er gab sein Bestes, um diesen freien Tag für alle so angenehm wie möglich zu belassen.

4

Aleppo (Syrien)

„Mein Bruder und ich wollen gerne mit dir sprechen," kam die gewichtige Antwort zurück. „Aber nicht hier," wandte sein Onkel Rashid ein, „lass uns ein kleines Stück durch den Basar laufen und dann am Aleppo Fluss einen starken Kaffee trinken. Ich finde es am Wasser immer so beruhigend."

„Das ist eine gute Idee," entgegnete Habibis Vater Baschar und dann verschluckte der uralte Suk die drei Männer.

Einige der Geschäfte, wie die lebenswichtigen Bäckereien, öffneten natürlich nach dem Gebet. Habib sah interessiert zu, wie ein Bäcker oberhalb der Öffnung des heißen Backofens saß, die ihm aus der Backstube angereichten Fladenbrote noch einmal kurz durchknetete, um sie dann flach an den Rand des Ofens zu drücken. Bald schon erfüllte der Duft von frischem Brot die Gasse.

So gingen sie in Gedanken vertieft bis zum Quwaiq Fluss und nahmen in einem der Kaffeehäuser Platz. Schnell war das Heißgetränk bestellt und der eilige Kellner schwebte hinfort, um alsbald mit einem silbernen Tablett zurückzukehren.

„Ist es nicht ein wunderbarer Tag in diesem Januar?" fragte Habibs Onkel, um das wichtige Gespräch in Gang zu bringen.

„Ja, auch wenn ich ihn Vater beinahe vermiest hätte; du musstest dich hoffentlich nicht allzu sehr grämen," fragte Habib unschuldig.

„Es ist nun gut," wandte der Vater gütig ein, „dies ist einer meiner Lieblingsplätze in Aleppo. Fern thront die mittelalterliche Zitadelle aus dem dreizehnten Jahrhundert auf dem teilweise künstlich angelegten Siedlungshügel über der Stadt. Sie erinnert uns an die glorreichen Zeiten des Handels mit der damals bekannten Welt. Und sie beherbergt, unter den vielen Bauten, den Tempel des Wettergottes unserer Metropole. Ich bin gerne hier."

„Dies geht mir ähnlich, auch ich mag diesen Ort," sagte Habib, „aber ich liebe mehr das Wasser des Aleppo Flusses, wie er im Volksmund heißt. Dann entfliehe ich zu seinen Quellen im südlichen Gaziantep-Plateau. Den frischen Tropfen folge ich ins fruchtbare Quwaiq Tal zu den Olivenhainen und bin glücklich, dass die Umleitung aus dem Euphrat funktioniert und er uns hier mit seinem erquickenden Nass erfreut. Natürlich auch darüber, dass die Landwirtschaft wieder möglich ist. In mir ist aber auch eine Wut und Traurigkeit. Wut über die Bewässerungsprojekte der Türkei, die ihn zum Versiegen brachten. Und traurig, weil der Fluss in der Ebene südlich von Aleppo vollständig im Sande versickert."

„Was sind denn das für poetische und erwachsene Überlegungen?" freute sich Rashid und nickte seinem Bruder aufmunternd zu.

„Du hast Recht, Bruder. In der Tat hatte ich diese Gedanken nicht erwartet. Aber, mein lieber Habibi, sie kommen zur rechten Zeit."

Habibi? Jetzt schreckte Habib auf, setzte sich aufrecht hin und

befürchtete das lange aufgescho-
bene Gespräch.

„Mein Sohn," begann Baschar tra-
gend, „es wird Zeit, dich zu entscheiden. Du bist im heiratsfähigen
Alter. Auch im religiösen Sinne bist
du volljährig. Du arbeitest fleißig
in unserem Geschäft. Mein Bruder
und vor allem ich denken, du solltest heiraten."

Das hatte gesessen. Wie wäre nun
die angemessene Antwort an den
ehrwürdigen Vater und den lie-
benswürdigen Onkel in dieser
schwierigen Frage? Habib schwieg.

5

Siegen (Deutschland)

Lange klingelte das Telefon im weit entfernten Siegerland. Hanifa hatte es zuerst gar nicht richtig gehört. Zu sehr war sie in das Gespräch mit ihrer ältesten Tochter vertieft.

„Telefon," rief ihr Mann erinnernd, „willst du nicht drangehen?"

„Du könntest doch auch mal abnehmen," entgegnete sie lächelnd.

„Es ist deine Mutter, das erkenne ich schon am Klingeln," antwortete Mohamed.

Typisch Mann, da sind doch alle gleich, dachte Hanifa und eilte zum Telefon. Aber wie konnte er am Klingeln erkennen, wer am Apparat war?

„Ummi," rief sie freudig in den Hörer, denn es war tatsächlich ihre Mutter. Das ging nicht mit rechten Dingen zu.

Nachdem sie sich ausgiebig darüber ausgetauscht hatten, wie es allen Mitgliedern der Familie so ging, alle waren wohlauf, kamen sie zum wichtigen Kernpunkt des Anrufs.

„Heute führt Baba nach dem Freitagsgebet ein wichtiges Gespräch mit deinem Bruder Habib," begann die Mutter Leyla.

Ohne groß nachzudenken warf Hanifa sofort ein: „Was hat er denn jetzt schon wieder angestellt?" Beinahe reflexartig kamen ihr diese Gedanken, wenn sie - stets liebevoll, aber immer auch sorgenvoll - an ihren Bruder dachte. Er war so verträumt, bisweilen naiv und gutgläubig. Und so schlidderte er immer wieder in unglaubliche Geschichten. Die Frage schien ihr nicht unberechtigt.

„Nein, nein," beschwichtigte ihre Mutter. „Dein Vater will endlich mit ihm über die Heirat sprechen. Schließlich ist er alt genug. Und langsam sollte er doch auch erwachsen werden, findest du nicht auch?"

„Ja, Mama," antwortete Hanifa sofort, obgleich sie nicht wusste, ob sie diese Art von Gespräch zwischen Vater und Sohn gutheißen konnte.

„Liebt er sie denn?" wollte sie wissen.

Hanifa konnte durch das Telefon das Kopfschütteln ihrer Mutter förmlich sehen. Dann folgten ein schwerer Seufzer und eine Pause, um die richtigen Worte zu finden.

„Das wird schon," warf sie vorsichtig ein, „sie ist eine gute junge Frau. Sie ist schön, beinahe wie Scheherazade, und klug. Du kennst sie, wohnt sie doch gar nicht so weit entfernt, beinahe noch in der Nachbarschaft. Das wird schon."

Da war sich Hanifa nicht ganz so sicher. Sie kannte ihren Bruder. Habibi war aufrichtig, folgsam, aber manchmal brauchte er einen Schubs in die richtige Richtung. Er konnte aber auch ein Schlitzohr sein. Manchmal wirkte er auf sie, als wäre er immer noch ein Kind.

„Meinst du nicht, Ummi, es wäre noch zu früh für eine Hochzeit?"

Erneut schnaufte Leyla tief und nachdenklich. „Wenn er jetzt nicht bald erwachsen wird, dann wird das nie etwas. Wir haben die beiden Vormünder. Wir haben die beiden Zeugen. Und heute wird sicher auch der Imam nach dem Freitagsgebet Allahs Segen mitgegeben haben."

„Inschallah," antwortete Hanifa hoffnungsvoll und wollte ihrer Mutter Mut machen. „Baba wird schon die richtigen Worte finden."

„Ja, und Rashid ist auch dabei. Sie wollen an Habibis Lieblingsplatz am Quwaiq sitzen und bei einem Kaffee alles besprechen. Inschallah, alles wird gut."

Dann plauderten die beiden Frauen noch eine Weile über dies und das und beendeten das Telefonat von Syrien nach Deutschland.

Hinterher berichtete Hanifa alles ihrem Mann, nachdem sie ihm entlockt hatte, wie er am Klingeln erkennen konnte, dass ihre Mutter angerufen hatte.

Schmunzelnd und verschmitzt verriet Mohamed die Errungenschaft der neuen Technik, nämlich die Anzeige der anrufenden Telefonnummer im Display. Nach einem freundschaftlichen Klaps vertieften sich beide in ein Gespräch über die wichtigen Nachrichten aus Aleppo.

6

Aleppo (Syrien)

„Was ist denn, Habibi," wollte sein Onkel Rashid wissen, „das ist doch keine ungewöhnliche Frage von deinem Vater. Schließlich sind viele deiner Freunde bereits verheiratet und einige haben schon Kinder.

Findest du nicht, du solltest dir langsam auch Gedanken um deine Zukunft machen?"

„Ach, lieber Onkel," wandte Habib ein, „ich weiß ja, dass ihr es gut mit mir meint. Aber wer soll denn bitte meine Braut sein? Ich habe immer davon geträumt, die richtige Frau selbst für mich zu finden, mich in sie zu verlieben und mit Allahs und eurem Segen dann zu ehelichen. Ich wollte nie eine arrangierte Ehe. Verlange ich wirklich zu viel?"

Sein Vater brummte ein klein wenig, aber Rashid gab ihm einen Tritt unter dem Tisch. Er verstummte und hielt kurz inne.

Versöhnlich richtete er sich an seinen Sohn. „Habibi, ich verstehe dich gut. Aber verstehe auch mich und deinen Onkel. Du bist der letzte junge Mann, der noch nicht verheiratet ist oder zumindest einer Frau versprochen. Wie ich es sehe, träumst du in den Tag, wenn du nicht gerade im Geschäft arbeitest oder in der Moschee im Gebet vertieft bist. Und selbst dann sind wir nicht sicher, wohin deine Gedanken abschweifen, wenn ich dich bisweilen vor den Regalen stehen sehe und du nichts einräumst, sondern die Waren lange und intensiv betrachtest. Daher wollen Rashid und ich dich wachrütteln. So geht es nicht weiter."

Diesen ernsthaften Sorgen seines geliebten Baba wollte sich Habibi nicht verschließen, aber gleichwohl für sich etwas Freiraum schaffen. Natürlich beobachteten sie ihn vollkommen richtig. Er träumte davon, ferne Länder zu besuchen. Vielleicht einmal seine Schwester und seinen Schwager in Deutschland. Aber das war weit weg und teuer. Möglicherweise die nahegelegene Türkei. Oder Jordanien. Auf den alten Handelsrouten reisen. Aleppo-Seife anpreisen. Einen Beruf lernen. Ja, an all das dachte er. Aber noch nicht ans heiraten.

„Was meinst du, mein Sohn? Wie ist deine Antwort," fragte sein Vater und riss ihn aus den Tagträumen, denen er tatsächlich immer wieder

und in allen Lebenslagen nach-
hing.

„Baba," begann er, „Baba, ich habe
doch übermorgen Geburtstag. Ich
wünsche mir nur eines: Zeit."

Baschar und Rashid runzelten ihre
Stirn, kraulten ihre Bärte und wogen ihre Köpfe hin und her.

„Zeit?"

„Ja, bitte lasst uns meinen Geburtstag mit den Familien gemeinsam
ungestört und unbelastet von dieser wichtigen Frage begehen. Ich
bitte dich, mir von Sonntag an ein
Jahr Zeit bis zu meinem einund-
zwanzigsten Geburtstag zu geben,
die richtige Frau für mich zu finden, mich in sie zu verlieben und

dann - mit deiner Erlaubnis - zu heiraten. Mehr wünsche ich mir nicht. Gelingt mir dies nicht, so folge ich ohne Klage deinem Rat- schlag und dem meines Onkels."

Dies war eine unerwartete Antwort. Aber eine weise. Wer wollte sich die- sem Wunsch widersetzen?

Rashid schmunzelte in sich hinein.

Baschar wusste nicht so recht, was er mit dieser Aussage anfangen sollte. Einerseits würde Habib ein Jahr Zeit gewinnen und es, wie so häufig schon, vertrödeln. Anderer- seits würde sein Sohn vielleicht doch seine große Liebe finden oder wenn nicht, seinem Rat folgen. Am Ende würde er binnen zwölf Mona- ten seinen Willen so oder so bekommen. Eine unerwartete, aber kluge Antwort.

Baschar brummte erneut. Aber diesmal zufrieden.

„So sei es, Habibi," wandte er sich seinem Sohn zu, „du hast ein Jahr und einen Tag Zeit, um selbst deine Frau zu finden. Bis dahin stelle ich meine Überlegungen zu deinem und unser aller Wohl zurück. Aber bedenke, die Zeit eilt, wie die Sandkörner durch die Sanduhr eilig dahin. Nutze die Tage. So sei es, Inschallah."

Und so kam es. Habibi feierte seinen zwanzigsten Geburtstag mit seiner Familie. Unbelastet und unbeschwert. Sein Wunsch wurde ihm erfüllt. Ein wunderbarer Tag.

7

Tunis (Tunesien)

Der Mensch denkt, aber Gott lenkt. Manchmal hat man Einfluss auf den Lauf der Zeit. Und manchmal beeinflusst der Lauf der Zeit uns.

Doch davon wusste Habibi nichts. Noch nichts. Er arbeitete jeden Tag mit Freude im Geschäft seines Vaters. Besonders hatte es ihm im Obst- und Gemüsehandel der Bereich angetan, in dem sie die weltberühmte, handgeschöpfte Aleppo-Seife neu verkauften. Hier duftete es so wundervoll nach Olivenöl, der Basis für die Seife, die von kleinen Handwerksbetrieben hergestellt wurde. Ein entfernter Verwandter hatte sich darauf spezialisiert und seinen Vater von der historischen und heutigen Bedeutung überzeugt. Wir stehen damit in der und für die Geschichte unserer Heimat. Ein Traum.

Nie hätte sich Habib aber träumen lassen, dass die Ereignisse im fernen Tunesien ihn einmal berühren würden. Das war doch weit weg. Wie nannten sie es, „arabischer Frühling". Dabei war es Dezember.

Ja, in diesem Dezember 2010, elf Monate nach seinem denkwürdigen Geburtstag, begann in Tunis eine Serie von Protesten, Aufständen und Revolutionen in der arabischen Welt. Gerechtigkeit, Freiheit und Würde waren die Hoffnungen, die die Menschen auf die Straßen trieben.

Ein einfacher Händler verbrannte sich und löste heftige Schockwellen in Nordafrika und im Nahen Osten aus.

Die Proteste richteten sich gegen die dort herrschenden autoritären Machthaber und Regime. Sie prangerten die ungerechten sozialen und politischen Strukturen an. Und sie waren getragen von der Hoffnung auf eine Verbesserung der Lage der Menschenrechte, der wirtschaftlichen und sozialen Situation. Ein Aufschrei und ein leuchtender Schein, nein ein Fanal nach mehr Bildung, Arbeit und

Wohlstand für alle und nicht nur für wenige. Die Arabellion sollte totalitäre Machthaber hinwegfegen und eine Demokratiebewegung nach vorne bringen. Gleiche Rechte für alle Menschen.

Leider sollten sich diese Hoffnungen, manche sagten Träumereien oder Wohlstandsproteste dazu, für die meisten Menschen nicht erfüllen.

Aber was hatte das mit Syrien zu tun? Nichts, dachte sich Habib. Hier ist doch unser Präsident, Baschar al-Assad. Er wird gewiss wie in Saudi-Arabien uns Menschen großzügig bedenken und für Wohlstand und Frieden sorgen. So war es doch immer.

Und im Übrigen hatte er trotz aller Bemühungen noch nicht die richtige Frau gefunden. Es blieb ihm nur noch knapp ein Monat. Das waren wirklich wichtige Fragen. Arabischer Frühling, das ist doch weit weg und nicht mein Problem.

Da war er wieder, Habibi, der naive Träumer.

8

Aleppo (Syrien)

Habibi träumte. Dies war allerdings keiner seiner Tagträume, sondern er träumte wirklich. Während er schlief. Ruhig atmete er vor sich hin. Ein leichtes Lächeln huschte über seine Lippen. Es fühlte sich gut und wohlig an. Glasklar sah er alles greifbar vor sich.

An den Ufern des Aleppo Flusses schlenderte er - ja, er sah es ganz genau - Hand in Hand mit einer jungen Frau. Die Palmen warfen Schatten vor der heißen Sonne dieses Sommertages. Ein Lüftchen kühlte. Kräuselnd zogen kleine Wellen hinter den Abras, den Wassertaxen, die Menschen auf die andere Seite übersetzten. Schmeichelnde Worte fand er; er, der immer so schwer die richtigen und passenden Worte für ein Gespräch fand.

Sie lächelte. Welch ein Lächeln. Ihre rehbraunen Augen glänzten in der Sonne und strahlten eine Wärme aus, die ihresgleichen suchte. Ihr Mund, ihre Lippen - alles zog ihn in ihren Bann. Das lange, feine, schwarzbraune Haar wehte im Wind, umspielte ihr liebreizendes Antlitz und schenke ihm einen Rahmen, einem Gemälde gleich. Anmutig bewegte sie ihren zierlichen Körper. Alle Rundungen waren wohl proportioniert.

Ja, so musste die Mutter seiner Kinder aussehen, so seine Ehefrau.

Habibi schreckte aus dem Traum. Hand in Hand, das war doch unschicklich. Wehe dem, wenn es jemand gesehen hatte.

Dann bemerkte er, dass er nur geträumt hatte. Gut so. Nein,

eigentlich schade. Vielleicht war Vaters Wunsch und Rat doch nicht so verkehrt. Und irgendwo her kannte er die junge Frau. Aber woher? Er musste dringend mit jemandem reden. Aber mit wem? Sein Geburtstag rückte näher und seine Frist lief ab. Doch zuerst stand die Arbeit im Geschäft an.

„Merhaba Habib," rief ihm sein Freund Murat zu, „wie geht es dir?"

Murat trat dicht hinter ihn, um ihn zu erschrecken. Doch heute gab es keine Tagträume.

„Was willst du?" entgegnete Habib.

„Ach, das Übliche. Frisches Obst, etwas Fladenbrot und noch ein Stück von eurer guten Seife. Meine Frau schwört auf den Duft von Oliven."

„Zu Recht. Sie stammen ja aus unserer Gegend. Heimat also. Diese hier stammt aus dem Viertel Bab Qinnasrin im Südwesten der Altstadt, wo die großen Fabriken schon im Mittelalter produzierten. - Übrigens, hast du nachher noch etwas Zeit für mich. Ich muss mich mit dir beraten."

„Du machst es aber spannend," sagte Murat neugierig, „gerne können wir reden."

„Shukran, treffen wir uns am Uhrenturm beim historischen Stadteingang Bab al-Faradsch?"

Damit war Murat einverstanden, gab sich momentan zufrieden und bohrte nicht länger nach.

Habibs Vater spitzte schon seine Ohren, was die jungen Männer wieder aussheckten.

So stürzte sich Habib wieder in die Arbeit, bediente freundlich Kunden oder füllte die Regale mit frischen Waren auf. Bloß nicht auffallen.

Trotzdem kehrte der Traum der Nacht zurück und beschäftigte ihn stark. Doch so sehr er sich auch bemühte, wollte ihm nicht einfallen, wer die junge Frau gewesen sein könnte. Alles grübeln half nichts. Die arabische Schönheit blieb für ihn verborgen.

Es blieb ihm nichts anderes übrig, als seine Arbeit zu verrichten und sich auf den Abend mit seinem Freund Murat zu freuen. Vielleicht brachte dieser Licht ins Dunkel seiner Träume.

9

Siegen (Deutschland)

Hanifa ließ es keine Ruhe. Bald ein Jahr war vergangen und noch immer keine Neuigkeiten aus Aleppo. Hatte ihr Lieblingsbruder nun endlich eine Frau gefunden oder musste der Vater für ihn entscheiden? Wie würde es ihrem Bruder gehen? Sie ahnte um seine

Gemütsverfassung. Habib war immer schon sehr emotional.

„Ich rufe jetzt meine Mutter an," rief sie ihrem Mann Mohamed zu, während sie den Telefonhörer in die Hand nahm.

„Tue, was du nicht lassen kannst. Aber du kannst eine Kuh nur melken, wenn sie auch Milch im Euter hat."

Immer hatte er solche Redewendungen auf Lager und brachte sie damit auf die Palme. Natürlich war sie neugierig. Und natürlich würde ihre Mutter sie benachrichtigen, wenn es etwas zu berichten gäbe. Aber sie hatten schon so lange keine Hochzeit mehr gefeiert. Sie hatte ihre Familie schon so lange nicht mehr gesehen. Das musste er doch einsehen.

„Wie kommst du jetzt auf die Kuh und das Melken?" wollte sie von Mohamed wissen.

„Das liegt doch auf der Hand."

Oh, weh, jetzt folgt wieder eine seiner Belehrungen.

„Du weißt doch, woher der Name Aleppo stammt. Die arabische Namensform „Halab" lässt sich als Vergangenheitsform von melken deuten. Der Legende nach ist sie mit Abraham verbunden, der an diesem Ort seine Kuh „asch-Schahba" gemolken und die Milch unter den armen Menschen verteilt haben soll. Wenn die armen Menschen sich trafen, fragten sie „Halab Abraham?" - Hat Abraham gemolken? - und in der syrisch-arabischen Sprache wird die Stadt auch Halab asch-Schahba genannt. Daraus hat sich dann Aleppo entwickelt. Und seit dem Jahre 1986 hat auch die UNESCO unsere Bedeutung anerkannt und die Stadt zum Weltkulturerbe erklärt."

„Wir sind Kurden, keine Araber oder Turkmenen," antwortete Hanifa schnippisch und verzichtete auf das Telefonat, obwohl sie gerne Neuigkeiten erfahren hätte.

Sie sollten kommen. Die Neuigkeiten. Unerwartet. In vielerlei Hinsicht. Doch davon wussten Hanifa und ihr Mann Mohamed nichts.

Noch nichts. Und so beließen sie es heute ohne Telefonat mit der syrischen Heimat und der Familie, die vor wichtigen Entscheidungen stand; nicht nur für Habibi, wie sich später herausstellen sollte.

10

Aleppo (Syrien)

Nach und nach trafen die Gäste ein. Onkel, Tanten, Brüder und Schwestern, Cousinen und Cousins. Freunde und Bekannte. Es sollte ein besonderer Geburtstag werden.

Noch ehedem alle Gäste eingetroffen waren, nahm Baschar seinen Sohn zur Seite und fragte ihn eindringlich: „Erinnerst du dich an deinen Wunsch?" Habib nickte schweigend. „Möchtest du mir eine Frau vorstellen, in die du dich verliebt hast und die du heiraten möchtest?"

„Baba, das würde ich gerne. Aber leider existiert die Schöne nur in meinen Träumen. Wieder und wieder spaziere ich mit ihr am Quwaiq entlang, halte sogar ihre Hand und spreche lange mit ihr. Aber leider konnte ich sie nicht im richtigen Leben treffen. Ich bin untröstlich. Die Liebe meines Lebens ist für mich unerreichbar."

„Dann überlässt du also die Entscheidung mir und deinem Onkel?"

„So sei es. So habe ich es euch versprochen. Also, so sei es. Inschallah." Glücklich war Habib nicht zu
jener Stunde, aber er war an sein
Versprechen gebunden. Dies gebot
nun die Ehre der Familie. Er würde
folgsam sein.

„Wo ist eigentlich mein Onkel?"
fragte Habib, um seine Stimmung
aufzuhellen und das Gespräch wieder in Gang zu bringen.

„Oh, er verspätet sich etwas. Er war
noch in Afrin, um deine Cousine
Hayfa abzuholen. Du erinnerst
dich doch an sie?"

„Ich bin mir nicht sicher," antwortete Habib, als der Wagen seines
Onkels hupend vor dem Haus hielt.

Und dann traute er seinen Augen nicht. Aus dem Auto stieg jene Schönheit aus dem Traum. Konnte das wahr sein? Er zwickte sich und sein Vater schüttelte nur den Kopf.

„Was treibst du denn jetzt schon wieder?" wollte er wissen.

„Ich schaue, ob ich träume."

Ungläubig rollte der Vater mit den Augen und ging mit weit geöffneten Armen auf seinen Bruder zu, umarmte ihn herzlich und begrüßte auch dessen Familie. Umarmungen, Wangenküsse und viele gute Worte wechselten. Dann sollte die Geburtstagsfeier beginnen. Es wurde eine denkwürdige.

Das Schicksal fügte zusammen, was die Väter vorbestimmen und Habibi sich erträumen wollte. Hayfa war die verabredete Braut. Und sie war die Braut aus dem Traum. Alles löste sich in Wohlgefallen auf. So hatte es ihm sein Freund Murat prophezeit. Inschallah.

Die Väter wurden gebeten, den Brautpreis festzulegen und einen Hochzeitstermin zu finden, an dem die ganze Familie, auch die, die im fernen Deutschland lebten, teilnehmen können sollte.

Für all dies bestand keine Eile. Da sich alles dem Schicksal fügte, sollten die jungen Menschen Zeit bekommen, sich näher kennenzulernen.

Und natürlich telefonierte Leyla mit Hanifa. Wichtige Neuigkeiten von Aleppo nach Siegen. Die Kuh war gemolken.

11

Damaskus und Dar´a (Syrien)

Noch im Januar 2011 schien die Welt für alle offen zu stehen. Habibis Geburtstag entwickelte sich zu einem freudigen Familienfest, bei dem alle bis tief in die Nacht zusammensaßen und über Gott und die Welt sprachen. Alle, wirklich alle waren glücklich über die Fügung des Schicksals und die

Dispositionen für die Zukunft konnten beginnen.

Baschar und Rashid freuten sich über ihre Weisheit und Vorsehungskraft. Sie schmiedeten Pläne für die Hochzeit, die Wohnung und das Geschäft für die jungen Menschen. Welch ein großartiger Tag.

Niemand ahnte, was sich in den kommenden Wochen für das Land, seine Menschen und die Familie entwickeln und verändern sollte.

Schon im Februar 2011 kam es auch in Syrien nach Protestaufrufen zu Demonstrationen gegen das Regime. Zahlreiche Oppositionelle wurden verhaftet. Daraufhin demonstrierten in den darauffolgenden Wochen in der Stadt Dar´a tausende Menschen für politische Freiheiten und forderten den Sturz der Regierung von Baschar al-Assad.

Habib verfolgte dies, wie seine Familie, mit Sorge, aber noch mit Gelassenheit. Er erledigte seine Arbeit gewissenhaft und bemühte sich um seine zukünftige Frau. Im Vertrauen auf Allah und den Präsidenten hoffte er auf eine gute Lösung.

Diese schien greifbar, denn der Präsident bildete die Regierung neu und sie hob den Ausnahmezustand im April 2011 auf. Hoffnung keimte auf.

Doch die Flamme der Revolution war entfacht und nicht so einfach zu ersticken. Die Proteste griffen auf weitere Städte über. Sicherheitskräfte gingen teils gewaltsam gegen Demonstranten vor. Soldaten desertierten und bildeten die Freie syrische Armee. Die angespannte Lage entwickelte sich zu einem Pulverfass und tatsächlich zu einem Bürgerkrieg.

Habib fürchtete, als Soldat eingezogen und in den Krieg - gegen welchen Feind auch immer - geschickt zu werden. Wer war eigentlich der Feind? Wer war noch Freund? Warum musste überhaupt in solchen Kategorien gedacht werden? Habib wusste es nicht. Nur eines schien sicher. Die rosige Zukunft zerfiel zu

Staub. Oder konnte das Blatt noch gewendet werden?

Nach einem Jahr des Hoffens und Bangens - alle Hochzeitsplanungen lagen auf Eis - ließ Präsident Baschar al-Assad im Februar 2012 ein Verfassungsreferendum durchführen. Aus der neuen Verfassung wurden sämtliche Bezüge zum Sozialismus und der Führungsanspruch von Assads Baath-Partei entfernt. Jetzt konnte doch noch alles gut und friedlich werden.

Doch die Opposition glaubte dem Präsidenten nicht mehr. Sie sprachen von einer Farce und forderten stattdessen seinen Rücktritt.

Und so kam der Bürgerkrieg im Sommer 2012 auch nach Aleppo. Mit

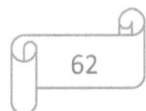

Raketenwerfern. Mit Panzern. Mit Flugzeugen und Hubschraubern. In der Nacht vom 28. auf den 29. September 2012 zerstörte ein durch die heftigen Kämpfe ausgelöstes Großfeuer den historischen Basar. Habib weinte bittere Tränen um den schönen Handelsplatz, den er so oft besucht hatte. Selbst vor den Minaretten der Moscheen machte der Krieg nicht halt.

Später, viel später im Jahre 2016 veröffentlichten die Vereinten Nationen Bilder, die von Satelliten aus gemacht worden waren. Sie zeigten mehr als dreiunddreißigtausend zerstörte oder beschädigte Gebäude Aleppos.

Und die Menschen? Bis einschließlich Juli 2013 starben in Syrien im Bürgerkrieg mehr als einhunderttausend Menschen. Wer konnte, der floh aus seiner Heimat oder innerhalb seiner Heimat. Insgesamt mehr als fünf Millionen Menschen.

12

Siegen (Deutschland)

Die Nachrichten aus Aleppo wurden immer spärlicher und die Neuigkeiten in Funk, Fernsehen und den Zeitungen aus Syrien immer grausamer. Hanifa hatte keine Ruhe. Was würde aus ihrer Familie werden? Wie sehr tobte der Bürgerkrieg in Aleppo? Wie groß war die Gefahr für ihre Angehörigen?

Gewiss, ihre Familien mit dem Ladengeschäft waren angesehen. Aber die Geschäfte liefen schlechter. Waren kamen nur noch schleppend, manche gar nicht mehr. Kunden wurden weniger, weil viele Menschen flüchteten. Dies war und blieb schwierig.

Aber sie hatten sich politisch nicht aktiv engagiert. Auch waren es keine religiösen Eiferer. Von daher sollte keine Gefahr drohen. Aber was bedeutete das schon in undurchsichtigen Zeiten. Wer war Freund? Wer war Feind? Und wie würde sich das alles auf die Lage der Kurden auswirken? Unsichere, aber gleichwohl angsteinflößende Nachrichten von Giftgaseinsätzen machten die Runde. Hanifa und Mohamed waren in großer Sorge, nein, in sehr großer Angst um ihre Familie.

Nach zahlreichen schlaflosen, außerordentlich unruhigen Nächten kam dann endlich ein Anruf. Leyla erklärte ihr, dass der Familienrat eine weitreichende Entscheidung getroffen hatte. Hanifa wusste nicht, ob sie sich darüber freuen oder noch mehr ängstigen sollte. Aber sie unterstützte ihre Familie und sagte ihrer Mutter jede erdenkliche Hilfe zu.

13

Aleppo (Syrien)

Nachdem die syrischen Truppen immer näher rückten und der Ring sich um die Stadt erkennbar zu schließen begann, waren die Menschen nur noch Geiseln der verschiedenen Kriegsparteien. Für die Menschen interessierten sich weder die syrische Armee, die von russischen Truppen unterstützt wurde, noch die Freie Syrische Armee, die vorgab, die Zivilisten beschützen zu wollen, oder religiöse Kämpfer, die von ausländischen Mächten Hilfe bekamen.

In dieser problematischen Lage berieten Baschar und Rashid lange mit ihren Familien. Das Geschäft war immer schwerer zu halten. Ihre Ersparnisse nahmen ab. Die Einschläge der Granaten und Bomben sowie die insbesondere nächtlichen Angriffe der Flugzeuge kamen näher und näher. Seit mehr als einem Jahr tobte der Bürgerkrieg. Was sollten sie tun?

Sollten sie den tausenden von Syrern folgen, die das Land verließen und damit ihre Heimat zumindest vorübergehend aufgaben? Oder sollten sie bleiben, weil doch bald alles vorüber war, und ihren Besitz hier erhalten und beschützen? Nirgends gab es verlässliche

Nachrichten. Der Krieg konnte noch eine Weile dauern.

Was war das Beste für die Familien?

Nach schwierigen und emotionalen Beratungen, in denen auch viele Tränen flossen, entschieden sich die Familien. Habib und Hayfa sollten am 13. Oktober 2013 heiraten. Sie hatten sich lieb gewonnen und ihr Bund sollte in angemessenem Rahmen besiegelt werden. Auch zu ihrem Schutz vor einer ungewissen Zukunft.

Danach wollten sich alle auf den Weg nach Istanbul machen. Ein entfernter Großonkel von Rashid lebte dort. Sollten sie es bis dorthin schaffen, würden sie weitere Entscheidungen in einem Land frei von Krieg treffen. Möglicherweise könnten sie auch nach Jordanien gehen, denn die Königin Rania und ihr Volk hatten ein großes Herz für syrische Flüchtlinge bewiesen.

Auf der alten Handelsroute von Norden nach Süden machten sich die Familien im Herbst 2013 auf, ihre geliebte Heimatstadt Aleppo wegen des Krieges zu verlassen. Mit allem Notwendigen versehen fuhren sie schweigend gen Türkei.

Aus der eigentlich als Freudenfest geplanten Hochzeit wurde eine ernste Familienfeier mit den besten Wünschen für das junge Brautpaar. Es sollte leben. Ja, es sollte leben, aber das ging wohl am ehesten außerhalb Syriens. So traurig das

klang und es sich auch anfühlte. So
sinnvoll war es.

14

Auf der Flucht

Es war eine bedrückende Fahrt. Einmal dem Gewirr der Straßen von Aleppo entkommen, reihten sie sich in
eine schier endlose Schlange von
Autos, Lastkraftwagen, Traktoren
mit Anhängern, auf denen Menschen, Tiere und Gepäck Platz finden mussten, Eselskarren mit hoch
aufgetürmten Habseligkeiten und
unzähligen Fußgängern, die nach
Norden wollten.

Fort. Dieses imaginäre Ziel einte sie. Einfach nur fort. Weit weg von Krieg und Zerstörung. Weg von Folter und Gefängnis. Weg von Hunger und Not. Weg von Ungewissheit und Sorgen. Aber eben auch weg von der geliebten Heimat.

Wieder und wieder kam die Kolonne zum Stehen. Teils, weil sich ein Unfall ereignet hatte und man den Menschen so gut es eben ging helfen wollte. Teils, weil tief fliegende Jets bedrohlich nahe kamen und dann doch abdrehten. Teils, weil Straßensperren errichtet worden waren. Von der syrischen Armee. Von der Freien Syrischen Armee. Von Rebellen. Von gewöhnlichen Strauchdieben, die das Leid der Menschen auf ihrer Flucht vor dem Krieg und Gefangenschaft ausnutzten. Alle wollten nur eines: Bakschisch. Schmiergeld. Und alle verfügten über Waffen. Und sie scheuten sich nicht, diese auch tatsächlich einzusetzen.

Und selbst wenn es dann weiter ging, schien es im Schneckentempo voran zu gehen. Irgendwie kam die sichere Grenze nicht ein bisschen näher, zumindest gefühlt. Dazu zermürbten die Bilder von liegengebliebenen Fahrzeugen und den verzweifelten Menschen, die fürchteten, dem Ungemach doch nicht entkommen zu können. Oder das Elend, wenn ganze Familien in dünnen Zelten ausharrten, um sich gegen Regen und Wind oder die Sonne zu schützen, wenn sie ein wenig Kraft auf dem langen Fußmarsch tanken wollten. Trostlos winzige Feuer sorgten für einen Hauch von Wärme in der Eiseskälte dieser Zeit.

Weiter und weiter krochen sie nördlich. Bloß nicht anhalten. Geschlafen wurde abwechselnd. Sofern an Schlaf zu denken war. Fern dröhnten die Flieger und die Bomben, die unablässig auf Aleppo niederprasselten. Hell schien der Feuersturm danach. Grausam und gleichsam angstvoll blieben die Gedanken.

Trotzdem wuchs ein Pflänzchen der Hoffnung mit jedem Meter, den sie näher an die syrisch-türkische

Grenze kamen. Afrin, eine Stadt im von ihr verwalteten Distrikt im Gouvernement Aleppo im Nordosten Syriens hatten sie passiert. Langsam fühlten sie sich sicherer, denn diese Stadt wurde mehrheitlich von Kurden bewohnt. Sie hörten Geschichten und Berichte von den Kämpfern der kurdischen Peschmerga, die sich unterstützt von der amerikanischen Regierung in den Freiheitskampf stürzte.

An einigen der dreihundertsechsundsechzig Dörfer der Großgemeinde Afrin kamen sie vorbei oder fuhren hindurch. Man ahnte von der Fruchtbarkeit des Tals, durch das der gleichnamige Fluss seine Fluten sandte und dank der tiefgründigen roten Böden für gute Landwirtschaft sorgt. Das mediterrane Klima bringt Weizen, Baumwolle, Zitrusfrüchte, Melonen, Granatäpfel, Feigen und als Hauptprodukt Oliven - es soll in der Region dreizehn Millionen Olivenbäume geben - hervor. Es könnte so schön sein.

Schließlich erreichten sie die Anhöhe Kurd Dagh, den Berg der Kurden. Im Dunst erahnten sie die türkischen Provinzen Kilis im Norden und Hatay im Westen. Afrin, es bedeutet auf kurdisch (gesegnete) Schöpfung. Endlich! Seit Wochen schöpften sie Hoffnung, dass es sich zum Guten wenden könnte.

Das finale Stück geriet noch einmal zur mentalen und körperlichen Marter. Die Langsamkeit des Fortkommens, die Bilder der unzähligen Menschen, die in Zelten vor der Grenze ausharrten, die schwer bewaffneten und bedrohlich wirkenden Soldaten diesseits und jenseits der Grenze. Und die dramatischen Geschichten von Überfällen, Diebstählen, Vergewaltigungen und Morden.

Sie waren erschöpft. Total erschöpft. Körperlich und geistig. An Leib und Seele erschüttert.

Und dann ging alles furchtbar schnell. Ein allerletzter Stau. Ein allerletztes Bündel Geld wechselte den Besitzer. Ein übellauniger

Zöllner nahm die Scheine, stempelte ihre Pässe und der Grenzposten öffnete sich im letzten fahlen Schein der untergehenden Sonne. Nach ihnen gelangten nur noch einzelne Fahrzeuge mit wenigen Menschen über die rettende Grenze, bevor sie für die Nacht wieder geschlossen wurde.

An einer nahen Tankstelle verschnauften alle erst einmal. Habibi und seine Ehefrau Hayfa schlummerten, so gut es ging, auf der Rückbank des väterlichen Wagens. Morgen sollte er das Auto bis Istanbul steuern. Eine gewaltige Herausforderung und wichtige Aufgabe. Habib war sehr stolz. Endlich machte sein Führerschein Sinn.

Aufgeregt vermochte er nicht recht zu schlafen. In Gedanken ging er die lange Strecke vielfach durch. Die Gesundheit seiner Familie hing an seinem verantwortungsvollen Fahrstil. Nun war es nicht die Zeit, den Wüstensand mit den Reifen, aus denen Luft abgelassen worden war, aufzuwühlen und hinter sich mit einer weiten Fahne aufwehen zu lassen. Ruhe und Besonnenheit in finsterer Zeit mussten bewahrt bleiben.

Und trotzdem blieb ein wenig Träumerei, wenn Habibi daran dachte, die große Brücke über den Bosporus zu queren. Von der asiatischen auf die europäische Seite der Türkei zu gelangen. Einen flüchtigen Blick auf die Hagia Sophia und die Blaue Moschee vorsichtig zu erhaschen. Ja, er war aufgeregt und aufgewühlt. Seine vertraute Welt zerfiel. Und er ahnte nicht einmal, wie sehr sie schon bald zerfallen sollte.

Nach einer kurzen Nacht, die vom lärmenden Verkehr der nahen Hauptverkehrsstraße zudem unruhig und von der Angst vor der ungewissen Zukunft sorgenvoll verlief, wärmten sich alle an einem heißen Tee. Eng umschlangen die Hände die kleinen Tassen, die Leyla eingepackt hatte, es muss doch ein wenig heimatlich bleiben, um die klammen Finger zu erhitzen. Müde und eingefallen, mit schwarzen

Rändern unter den Augen standen sie auf dem Parkplatz der Tankstelle, die zu einem dramatischen Wendepunkt werden sollte.

„Habib," so begann Baschar seine kurze Ansprache an die Familien, „du übernimmst jetzt die Verantwortung für deine Frau, deinen Bruder und deine Schwester. Rashid begleitet euch bis nach Istanbul, damit ihr gut bei Großonkel Qaboos ankommt und aufgenommen werdet."

Sprachlos standen alle beieinander.

Hayfa fand zuerst die Worte wieder. „Und was ist mit euch?" fragte sie bestürzt, beunruhigt und verängstigt.

„Eure Mutter und ich kehren zurück nach Aleppo." Alle wollten gleichzeitig ihre Argumente einbringen, aber Baschar hob seine Hand, um sie weiter schweigend zu halten. „Nein, ich will keinen Widerspruch hören. Wir versuchen, den Laden in Betrieb zu halten. Die Menschen brauchen Essen und Hoffnung. Wir wollen ein wenig dazu beitragen. Und wir wollen unseren Besitz bewahren. Rashid kehrt alsbald zurück, wenn er euch in Sicherheit weiß. Gemeinsam können wir es schaffen. Und zusammen könnt auch ihr es schaffen. Ihr seid jung und stark. Inschallah, so sei es."

Niemand fand die richtigen Worte. Herzzerreißend war der Abschied. Tränenreich.   Aufwühlend. Schmerzlich. Innige Umarmung reihte sich an innige Umarmung. So als wollte man sich und die Zeit miteinander auf ewiglich festhalten. Ein Band des Zusammenhalts schnüren, welches die Familien miteinander verwob, wie die unzähligen Fäden, die den Teppich in der Moschee verknüpfen. Egal an welchem Ende der Faden sich befindet, er ist mit dem Faden am anderen Ende über viele Schwestern und Brüder tief, fest und innig verbunden. Er kann gar nicht anders.

Und so konnten auch die Familien nicht anders. Der Krieg trieb sie zwar heute auseinander, aber sie würden durch das Familienband immer einander verbunden sein. Ewiglich.

15

Istanbul (Türkei)

Nach über zwölf Stunden Fahrt via Adana und Bursa näherten sie sich der Metropole am Bosporus. Die so magisch beschriebene Stadt wirkte auf den ersten Blick ganz gewöhnlich. Unendliche Reihen von Hochhäusern säumen die Stadtrandgebiete und bieten tausenden Menschen Wohnung und Geborgenheit. Auch wenn sie kahl, schlicht und beinahe nackt in den Himmel ragen.

Dazwischen breite Straßen mit einem wuseligen Verkehr voller Autos, Lastkraftwagen und den Dolmus, quirligen Minibussen für mehrere Personen. Am Straßenrand mühen sich die Bäume, dem ganzen Umfeld etwas Wohnliches und Angenehmes in grün zu schenken. Kleine Parks locken trotz der Stahl- und Betonkolosse zum Verweilen. Und in den abertausenden Fenstern schimmert die untergehende Sonne. Zwischen den Minaretten einer Moschee sank die Sonne langsam und tauchte die Stadt in einen Hauch von einem rötlichen Schimmer, gesprenkelt mit goldenen

Tupfen der das Licht reflektierenden Fenster.

Hätten sie Rashid nicht dabei gehabt, sie hätten die Wohnung des Großonkels Qaboos nie gefunden. Müde und erschöpft parken sie die Wagen und sinken nach kurzer, aber freundlicher Begrüßung auf dem weichen Sofa nieder. Der Tee belebte die Lebensgeister ein wenig. Der Blick aus dem Fenster auf die illuminierte Stadt, Minarette mit Lichterketten geschmückt, die angestrahlte Hagia Sofia, die beleuchtete Brücke über den Bosporus - es wirkt wie ein Märchen aus 1001 Nacht.

Bald aber kehren die Sorgen zurück. Eine Nachricht an die Eltern wird rasch abgesetzt. Auch sie sind wohlbehalten in Aleppo angekommen. Zuhause ist es heute Abend friedlich gewesen. Ein Anruf zur Schwester Hanifa nach Siegen, die beruhigt ist. Doch wie wird alles weitergehen? Wo werden sie Arbeit und eine Wohnung finden? Hier beim Großonkel können sie nur vorübergehend Unterschlupf finden. Dies stellt sich schnell heraus, denn sein Heim ist für vier Familien nicht gemacht.

Doch erst einmal sollen alle zur Ruhe kommen. Nach einem guten Essen legen sich alle schlafen, auch wenn sie zusammenrücken müssen und es ein wenig unbequem wird.

Aber alles ist besser wie Krieg und Zerstörung.

Es folgt eine kühle und ein wenig unruhige Nacht. Boote, die als Taxen fungieren, queren beinahe ununterbrochen den nicht allzu fernen Bosporus. Schrille Sirenen von Feuerwehren, Polizeifahr-zeugen und Rettungswagen heulen ständig auf. Und schließlich ruft der Muezzin die Gläubigen zum Gebet.

Trotz der Enge sind alle ein wenig ausgeruht. Abschalten vom Alltag. Weit weg sind die Sorgen. Fast schon aufreizend behäbig geht die Sonne auf. Schleierwolken verhüllen sie wie eine muslimische Frau. Eine kühlende Brise weht von Asien herüber. Sie vertreibt den leichten

Nebel um die Golden Gate von Istanbul, die Europa mit Asien verbindet.

Großonkel Qaboos und Onkel Rashid beschließen, die ersten Tage nicht mit Problemen zu belasten. „Was denkst du - willst du den Kindern nicht die Schönheiten der Stadt zeigen? Das wäre doch gut, wenn sie sich hier orientieren können und einmal nicht an den Krieg denken. Später besprechen wir alles Weitere."

„Das finde ich eine ausgezeichnete Idee," antwortete Qaboos und übernahm die Aufgabe, für ein wenig Ablenkung in schwieriger Zeit zu sorgen.

Ihre Tour führte über die Galata-Brücke, durch enge Gassen mit osmanischen Häusern, in deren Erdgeschossen kleine Handwerksbetriebe, Restaurants oder Geschäfte untergebracht sind. Dann hinauf auf die Hügel zur Blauen Moschee. Dort besichtigten sie zuerst die Obelisken, die Teil eines römischen Stadions waren. Danach gingen sie unter der Kette im Tor, die angebracht worden war, damit sich alle, auch der Sultan auf dem Pferd, vor der Moschee und damit sinnbildlich vor Gott verneigen mussten, hindurch zum Gebetsraum.

Nachdem alle ihre Schuhe ausgezogen hatten, betraten sie das Gebäude. Es erhob sich eine großartige Kuppel, die Wände verziert mit Kalligrafie, versehen mit blauen Kacheln, geschmückt mit Ornamenten. Die Fenster bestehen aus blauem und buntem Glas. Der rote Teppich zu ihren Füßen rundet den ersten Eindruck ab.

Qaboos erklärte etwas über die Inhalte der "Tafeln" in der Decke, die den Namen Gottes, des Propheten Mohamed und der vier ersten Kalifen als direkte Nachfahren des Propheten tragen. Außerdem zur Gebetsnische, der Pforte zum Himmel, der Freitagskanzel, der Loge des Sultans und den Gebetsketten mit den 33 Perlen, deren Anzahl aus den 6666 Suren des Koran abgeleitet stammen. Alle staunten nicht schlecht.

Durch einen Park voller Oleander, mit Springbrunnen, angefüllt von vielen Touristen, die wie ein Bienenschwarm um die Blüten schwirren, liefen sie zur unterirdischen Zisterne. Ein technisches Meisterwerk. Das Wasser fließt durch eine Halle, die auf Säulen ruhend wie ein Gewölbe, eine Höhle wirkt. Kühle Luft strömt durch das Gesicht, während sie auf schmalen Wegen durch ein Labyrinth aus Säulen zwischen dem sich spiegelnden, klaren Wasser gehen. Die Zisterne stellte lange Jahre die Trinkwasserversorgung der Stadt sicher.

Schließlich gelangten sie ans Tageslicht und wandten sich der Hagia Sofia zu. Erneut zogen alle aus Respekt vor dem Gotteshaus die Schuhe aus. Die gelbgoldene, rund fünfzig Meter hohe Kuppel, die zuerst eine Kirche beherbergte, danach eine Moschee wurde und dann ein Museum war, beeindruckte durch die zahlreichen Mosaike, Fresken und Arabesken mit schlichter Schönheit. Beinahe schwebend wirkt sie. Von einer Leichtigkeit und Anmut, als wolle sie die Besucher zu Gott / Allah erheben.

Das genaue Gegenstück bildet der große Basar. Quirlig, aufdringlich, anregend, übervoll, teuer, hektisch

... alles, was man braucht und alles, was man nicht wirklich benötigt. Erstmals seit Tagen schlenderten sie unbefangen und möglichst langsam durch die Haupt- und die unzähligen verwinkelten Nebengassen in dem mächtigen steinernen Basar, der sich außerhalb noch weiter unter Zeltplanen und freiem Himmel in die Stadt erstreckt. Wehmütig dachte Habibi an den heimatlichen, überdachten Basar in Aleppo.

Große und winzigste Geschäftsräume wechseln sich ab. Feilgeboten werden alle erdenklichen Waren. Von Jeans über Teppiche über Gewürze über Tee bis hin zu teuerstem Schmuck, wertvollen

Krummdolchen, edlem Leder und Geschmeide. Natürlich Süßigkeiten, T-Shirts, Schuhe und vieles mehr. Schließlich folgte noch ein Abstecher zum Gewürzmarkt. Dort trödelten sie durch die Marktstände mit frischen Waren. Obst, Gemüse, Tee, Gewürze, Datteln, Oliven, türkischer Honig ... Düfte umschmeicheln die Nasen. Ebenso könnten sie Hunde, Katzen, Hühner, Wellensittiche, Pfauen und das jeweils passende Futter erwerben. Ein buntes Markttreiben in gut gefüllten, aber nicht überfüllten Gassen.

Auf dem Rückweg über die Galata-Brücke mit den geduldigen Anglern, die ihr Glück im seichten Wasser versuchen - teils sehr erfolgreich, wie die neben ihnen stehenden Eimer beweisen - und das Hafenviertel mit teilweise zerfallenen, teilweise wundervoll erhaltenen Häusern kehren sie zur Wohnung des Großonkels zurück.

Abwechslungsreiche Tage, die ihnen Erholung von den Strapazen brachten und wenigstens etwas Abstand von den Sorgen boten.

16

Istanbul (Türkei)

Die vergangenen Tage waren interessant und intensiv. Und die Unternehmungen länger als geplant. So verschoben Rashid und Qaboos das wichtige Gespräch auf einen der nächsten Tage.

Hayfa und Habib kamen sich immer näher. Sie genossen die neu gewonnene Zweisamkeit, auch wenn es auf engstem Raum kaum Platz für eine Privatsphäre gab. Gleichwohl fühlten sie sich dem anderen so nah wie nie zuvor. Ein Liebesband entstand. Unerwartet und schön.

Auch das Zusammensein mit Habibs Bruder und seiner Schwester ließ den Familiensinn wachsen. Alle freuten sich trotz der Widrigkeiten über die gewonnene Sicherheit und die Nähe zueinander.

Jäh endete diese kurze, friedliche Phase. Abrupt holen Rashid und

Großonkel Qaboos die jungen Menschen aus diesem Traum.

„Wir müssen dringend mit euch sprechen," begann Baschars Bruder das für die jungen Menschen überraschende, emotionale Gespräch.

„Was gibt es denn so Wichtiges zu bereden, Onkel?" fragte Habib neugierig.

„Es geht um eure Zukunft und die der ganzen Familie," antwortete Rashid und führte weiter aus, „wie ihr ja bemerkt, ist es für so viele Menschen auf Dauer viel zu beengt. Ein gutes Leben ist so nicht wirklich möglich. Außerdem müssen die Männer Geld zum Lebensunterhalt verdienen. Ihr könnt nicht auf der Tasche von Verwandten leben.

Daher haben euer Vater und ich mit Großonkel Qaboos verabredet, dass die Frauen und Kinder hier - vorübergehend - wohnen und im Haushalt helfen sollen, aber die Männer arbeiten gehen."

Habib und sein Bruder Djamal schauten sich schockiert an. Jetzt zerriss nicht nur der Krieg in ihrem Heimatland die Familien. Jetzt taten es die Väter und Onkel ebenso. Auch wenn sie natürlich unterstützten, dass sie Geld verdienen sollten, so war die Trennung von ihren Frauen ein schwer verdaulicher Schlag.

„Und wie soll das funktionieren," wollte Djamal wissen.

„Nun," wandte Qaboos ruhig ein, „wir verstehen, dass ihr aufgewühlt seid. Aber der Krieg stellt uns alle vor große Herausforderungen. Eure Eltern wollen trotz der Gefahr der Kampfhandlungen in und um Aleppo das Geschäft weiterführen, so lange es irgend geht. Dort war der Lebensmittelpunkt der Familie und soll es in Friedenszeiten wieder sein. Ihr sollt euren Beitrag in einem friedlichen Land leisten. Da kann die zeitweise Trennung von euren Frauen, die ihr ja jederzeit besuchen könnt, kein allzu großes Opfer sein."

Djamal wog seinen Kopf hin und her. Sein Herz war schwer. Seine Zunge ebenso.

Habib schwieg. Noch.

Rashid erklärte, dass der Schwager von Großonkel Qaboos, Tarek, eine Wäscherei und Schneiderei betrieb, in der Habib und Djamal arbeiten sollten. An den Schneiderberuf hatte Habib ja schon bei seinen Besuchen im Basar gedacht. Vielleicht war das alles doch gar nicht so schlecht.

„Wo werden wir dann wohnen?" fragte Djamal.

„Ihr werdet eine kleine Wohnung bei Tarek haben. Ein eigenes Zimmer für jeden von euch sowie eine Küche und einen Wohnraum, die ihr euch teilt."

„Wo ist der Haken?" wollte Habib wissen.

„Was sind denn das für Reden," empörte sich Rashid, „wir wollen eine gute und sichere Zukunft für euch und du stellst solch impertinente Fragen. Ich bin sehr enttäuscht. Und dein Vater wäre es auch."

„Bitte sei mir nicht böse, lieber Onkel. Ich wäre auch in Aleppo geblieben, um Vater zu helfen. Aber ich bin dem Familienrat gefolgt. Es ist mein Recht und meine Pflicht, in Sorge um meine noch kleine Familie alle notwendigen Fragen zu stellen, wenn wir so kurz nach der Eheschließung getrennt werden sollen. Bitte verstehe mich nicht falsch, aber worin liegt die Belastung?"

Rashid atmete tief durch, bevor er antwortete. „Tja, die Trennung, die wir aus Fürsorge für euch angedacht haben, ist auch räumlich. Die Wäscherei und Schneiderei von Tarek sind in Izmir."

Schweigen erfüllte den großen Raum. Niemand wusste, was in diesem so wichtigen und wertvollen Augenblick zu sagen war. Alles konnte nun verletzend wirken. Trotzdem schwang die Fürsorge bei allem mit. Auch sie schwebte über der Familie auf der Flucht.

Zur Überraschung aller fand Habib zuerst die Worte wieder. „Lieber Großonkel, wir danken dir für deine Großherzigkeit, Warmherzigkeit und Güte sowie deine

Gastfreundschaft in problematischer Zeit. Auch anerkennen wir deine Mühen für unsere Familie. Lieber Onkel, nicht minder danken wir dir für deine Hilfe, deinen Mut und deine Weisheit, mit der du unsere Geschicke lenken möchtest. Wir wissen dies sehr zu schätzen. Aber verzeiht mir, wenn ich mich nicht von meiner geliebten Frau Hayfa trennen lassen möchte. Ich gehe nach Izmir und nehme die Arbeit dort auf. Mit ihr gemeinsam. Mein Bruder Djamal ist herzlich willkommen, mitzugehen, jedoch entscheidet er es für sich und seine Familie."

Rashid und Qaboos staunten nicht schlecht über die erwachsenen und vernünftigen Gedanken. Das hatten sie nicht erwartet. Djamal schloss sich Habib und Hayfa an, folgte allerdings dem Rat seines Onkels und ließ seine Frau mit den Kindern in Istanbul. Er wollte sie so oft es nur ging besuchen.

Und so geschah es.

Rashid brachte die Neulinge schweigend nach Izmir und fuhr dann nach Aleppo zurück. Die Schwester Samira und Djamals Ehefrau Noura blieben in Istanbul und halfen Großonkel Qaboos.

17
Aleppo (Syrien)

Es waren ungemütliche Zeiten in Aleppo. Panzergranaten beschädigten das Minarett der siebenhundert Jahre alten Mahmandar Moschee. Durch die Kampfhandlungen wurde auch die fünfhundert Jahre alte Chusrawiyya Moschee zerstört. Der Krieg machte nicht einmal Halt vor den religiösen Orten und den historischen Errungenschaften der Stadt.

Viele Menschen in Aleppo, deren Häuser und Wohnungen zerstört waren, konnten sich nur noch in Kellerräumen, ohne genügend

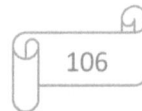

Wasser und oft ohne Elektrizität aufhalten. Verschlimmert wurde die Lage durch heftige Regenfälle, die in die unterirdischen Räume eindrangen.

Große Probleme bereitete auch die medizinische Versorgung. Unabhängig davon, dass die Menschen die Ärzte bar bezahlen mussten, gab es immer weniger Medikamente. Auch die Lage in den Krankenhäusern, die teilweise beschossen wurden, blieb dramatisch. Krank sein war jetzt keine gute Idee.

Die Menschen leben in ständiger Angst; sie kommen nicht zur Ruhe. An einen normalen Alltag ist nicht zu denken. Viele verlassen ihre

Häuser und Wohnungen nicht mehr oder nur noch, um die lebensnotwendigsten Dinge - sofern es sie gibt - zu besorgen. Lebensmittel und Medizin. Aber die Versorgung mit Lebensmitteln, Wasser und Strom bereitet erhebliche Schwierigkeiten.

Besonders schwer trifft es die Kinder, weil die Schulen und Kindergärten geschlossen sind. Aufgrund der unkalkulierbaren Bombeneinschläge ist ein befreites spielen auf der Straße nicht mehr möglich. Die Gesamtsituation könnte einen fast hoffnungslos machen.

In dieser Lage versuchten Baschar, Leyla und Rashid mit ihrem Geschäft, die Menschen nicht nur mit

den Dingen des täglichen Ge-
brauchs zur Seite zu stehen, sondern auch ein Licht in der Dunkel-
heit des Krieges zu senden. Ein kleiner Plausch hier. Ein aufmuntern-
des Lächeln dort. Eine wärmende
Umarmung. Ein paar gute Worte
mit auf den - hoffentlich sicheren -
Heimweg.

All diese furchtbaren Nachrichten
hielten sie von ihren Kindern und
Enkelkindern fern. Über die Neuigkeiten, die ohnehin in den Fernseh-
sendern verbreitet wurden, wollten
sie nicht weiter beunruhigen. Es
ging ihnen den Umständen entsprechend gut.

Und mindestens einmal wöchentlich   telefonierten   sie   ja

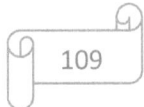

miteinander. Von Aleppo nach Istanbul. Von Izmir nach Aleppo. Und von überall nach Siegen. So blieben sie über das Band der Telefonleitungen oder drahtlos miteinander verbunden.

18

Izmir (Türkei)

Habib und Djamal arbeiteten sich rasch in die Aufgaben der Wäscherei und Schneiderei ein. Es bereitete Habib viel Freude, die Stoffe zu neuem Leben in Form von Kleidern, Anzügen oder Hemden zu verarbeiten. Aber selbst die kleinen Ausbesserungen, wenn ein Ärmel eingerissen oder ein Knopf abgerissen war, lenkten ihn von den Kriegsnachrichten aus seiner Heimat ab.

Hayfa kümmerte sich rührend um den Haushalt in der kleinen Wohnung, die ihnen Tarek tatsächlich bereitgestellt hatte. Es gab genügend Raum für die Zweisamkeit mit Habib, aber ebenso genügend Platz, damit alle zusammen sein konnten.

Das Leben in Izmir fühlte sich frei und gut an. Es blieb ihnen ausreichend Zeit, auch die Stadt kennenzulernen. Gerne taten sie es auf Schusters Rappen. Besonders einladend fanden sie die Uferpromenade.

Eine Vielzahl von Anglern versuchte dort ihr Glück mit Angelruten oder einfachen Nylonfäden. Sie sind so vertieft in die Sehnsucht nach dem Fisch, dass sie der malerischen Bucht, die sich gleich einem Halbmond biegt, und der herausgeputzten Promenade, die mit Sitzbänken unter Palmen an gepflasterten Wegen lockt, kaum Aufmerksamkeit schenken. Auch die mit Holzbohlen gedeckte Mauer unmittelbar am Meer nutzen sie allein, um ihr Anglerwerkzeug abzustellen.

Oftmals liefen Hayfa und Habib mit offenem Blick für die Schönheiten die dreieinhalb Kilometer lange Atatürk Cadasi entlang und betrachteten künstlerische

Monumente, das Denkmal für Atatürk und die einladenden Teehäuser direkt am Wasser. Den Tee erhalten die Gäste aus dem Teehaus, das Gebäck, insbesondere das süße Gebäck, liefern fliegende Händler, die vollgestopfte Körbe mit leckeren Waren auf dem Kopf tragen.

Schließlich erreichen sie stets den Uhrturm. Windschiefe Häuser an der Uferstraße weicht einem ausladenden Platz. In seiner hinteren linken Ecke steht eine kleine, sehr renovierungsbedürftige Moschee. Inmitten des Platzes erhebt sich ein mit Marmorsäulen geschmückter Uhrturm in sandsteinfarben, der von zwei Palmen umrahmt wird.

Hinter ihm sprudelt ein Springbrunnen, der zum Meer weist.

Ebenso lieb sind Hayfa und Habib
die langsam erwachenden Straßen
am Basar. Das Zerren an den Armen, um sie in die Geschäfte mit allerlei Krimskrams zu locken, und
die zumeist freundlichen Einla-
dungen zum Tee lehnen sie, wenn
sie sie nicht annehmen, höflich ab.
Eine Seitengasse, die am Fisch-
markt vorüber führt, die Gerüche
sind eindeutig, und die von Un-
mengen von Katzen bevölkert wird,
bringt sie zu der Hauptstraße in
Richtung Agora und Kadifikale,
der Burgzitadelle auf dem Hügel
über der Stadt.

Sie gehen vorbei an verfallenen, verwahrlosten, aber bewohnten Häusern rechts wie links der Fahrbahn. Im Erdgeschoss befinden sich häufig winzige Geschäfte, die allerlei Waren feilbieten. Insbesondere Möbel. Die Seitenstraßen sind teils sehr heruntergekommene Pisten, in denen Staub und Müll im Wettbewerb stehen.

Auf dem Anstieg zur Zitadelle kaufen sie gerne auf einem Obst- und Gemüsemarkt nahe einer Moschee ein. Am liebsten bei Emine Evicmen, der freundlichen Marktfrau. Ein Höhepunkt. Verlockend sind die feilgebotenen Bohnen, Auberginen, Pfirsiche, Datteln, Pfefferschoten, riesige Melonen und vieles mehr, die in großen Bergen teils auf den Tischen aufgebaut sind oder teils sich vom Boden aus den Säcken, die als Transportmittel dienen, herauswinden. Alte Handwaagen und moderne Digitalwaagen zeugen von Tradition und Moderne. In dem unaufgeregten Gewirr herrscht ein freundliches Miteinander beim Feilschen um die frischen, duftenden Waren zu den angemessenen Preisen. Freundlich, aber hartnäckig sind die bettelnden Kinder, die um ein wenig Geld bitten.

Hinter dem Markt geht es auf den Berg. Über eine steile Treppe, durch einen Pinienhain und stark befahrene Straßen. Oben angekommen besichtigen Hayfa und Habib die

Zitadelle oder das, was von ihr übrig geblieben ist. Sie klettern auf den Mauern umher, lassen ihren Blick über die Bucht von Izmir schweifen, weit hinaus über das Häusermeer auf das Mittelmeer. Zwischen Ruinen, Pinien und grünen Wiesen weht eine überdimensionale türkische Fahne im rauen Wind. Für einen Augenblick sitzen sie auf der Mauer und genießen Sonne und Aussicht.

Abwärts lassen sie sich durch die Schluchten der verwinkelten Gassen über Treppen treiben. Haus reiht sich eng an Haus. Wasser läuft über die Straße. Holz wird für das Feuer gehackt. Kinder spielen Fußball. Eine alte Frau verhüllt ganz verschämt ihr Gesicht. In diesem Viertel sehen wir fast ausschließlich Frauen und Kinder. Ihre Männer sitzen im Kaffeehaus oder am Meer. Rauch steigt auf. Essen duftet. Musik ertönt. Es ist ein lebendiges, aber armes Stück Izmir.

Alsbald kommen sie zur Agora. Am Schalter haut der Kassierer sie beim ersten Besuch noch mit dem Wechselgeld in türkischer Lira übers Ohr. Aber dann schauen sie sich die kaputten Steine an. Vor dem blauen Himmel bieten die Rundsäulen aus Marmor ein imposantes Bild. Ansonsten ist die winzige Ausgrabungsstätte doch weniger interessant.

Viel interessanter ist die Einkaufs-
straße, in die sie eher zufällig geraten. Händler bieten süße Stückchen
an. Geschlachtete Hammel liegen
in der Auslage. Männer in den Tee-
häusern, die scheinbar alle einmal
in Köln bei Ford waren und ein wenig Deutsch können. Aber das verstehen Habib und Hayfa noch
nicht. Weinlaub wächst über die
Straße hinweg und spendet Schatten. Obst und Gemüse duften. Ein
Schneider arbeitet im Freien. Das
pralle Leben pulsiert. Nicht zu ver-
achten ist auch der Kulturpark mit
Rummelplatz sowie der pastell-
blaue Bahnhof nicht weit der Uferpromenade. Dort kommt bei beiden
immer etwas Wehmut auf, wenn sie

hier im sicheren und angenehmen Izmir an die Heimat denken.

19

Izmir (Türkei)

So könnte es weitergehen. Die Arbeit bereitet Freude. Das Zusammenleben ist warmherzig. Sie sparen ein wenig Geld für die Zeit nach dem Krieg. Ja, die Nachrichten aus Aleppo sind nicht wirklich beruhigend. Aber hier, hier in Izmir ist alles gut. Die Vorkehrungen von Baschar und Rashid waren weise.

Ist aber wirklich alles gut?

Während das erste Jahr wahrlich die reinste Freude ist, verändert

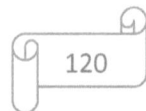

sich dann das Klima. Habib kann es nicht richtig greifen. Zuerst waren die Menschen noch freundlich und zugewandt, wenn sie vom Krieg und der mutigen Flucht hörten. Irgendwann hörten sie nicht mehr zu. Es war ihnen gleichgültig, wer ihre Hosen stopfte.

Schließlich kam die Zeit, da meckerten sie über Kleinigkeiten, die der syrische Flüchtling wohl nicht richtig gelernt hatte. Sie beschwerten sich bei Tarek, nicht bei Djamal oder ihm. Hinter seinem Rücken. Hayfa wurde auf dem Markt nicht mehr so zuvorkommend bedient. Beim Handeln mussten sie immer mehr Geld auf den Tisch legen wie die Einheimischen für vergleichbare Waren.

Dann begann die Presse über die vielen syrischen Flüchtlinge im Land zu schreiben. Sie nähmen den Einheimischen die Arbeit und die Wohnungen weg. Die Stimmung kippte. Was als offene Willkommensgesellschaft begann, veränderte sich in Einzelfällen bis hin zum Hass. Habib, Hayfa und Djamal begannen, sich nicht mehr wohl zu fühlen.

Doch was sollten sie tun? Der Krieg wütete noch immer in und um Aleppo. Die syrische Armee versuchte, die Stadt völlig einzukesseln. Härter und erbarmungsloser hörten sich die Schlachten an, wenn Baschar einmal davon berichtete.

Wie sollte ihr Leben weitergehen? Wo sollte ihr Leben weitergehen? Wo sollten sie denn hin? Besser noch: Wo konnten sie denn noch hin?

20

Siegen (Deutschland)

„Hallo Hanifa," rief Habib verzweifelt ins Telefon, „kannst du mich gut verstehen?"

„Ja, ich höre und verstehe dich gut," antwortete seine Schwester, „was gibt es denn? Was hast du? Du hörst dich bedrückt und nicht gut un."

„Ich brauche deinen Rat. Die Lage hier in Izmir wird immer unangenehmer für uns als Syrer. Und besonders als Kurden. Anfangs waren die Menschen hier noch freundlich und zugewandt, doch in den letzten Tagen und Wochen nehmen die Anfeindungen immer mehr zu. Wir wollen Vater und Mutter nicht damit belasten. Aber wir müssen uns mit jemandem beraten. In unsere Heimat können wir im Augenblick nicht. In der Türkei wird es zusehends ungemütlich. Was sollen wir nur tun?"

Für einen Moment schwiegen sie. In der Tat war das eine sehr schwierige Angelegenheit. Was sollte sie ihrem Bruder raten?

Nach einem schweren Seufzer und tief atmend fand Habib die ersten zaghaften Worte. „Wir hören hier viel von den Schleusern, die Menschen aus der Türkei nach Griechenland bringen. Die Insel Chios ist relativ nahe am türkischen Festland. Wenn wir das schaffen würden, könnten wir uns auf den Weg nach Deutschland und zu euch machen. Was denkst du?"

Hanifa traute ihren Ohren nicht. Wollte Habib wirklich mit seiner Frau und seinem Bruder die äußerst gefährliche Tour in einem der kleinen Boote, sie hatte die dramatischen Bilder der gekenterten und der hoffnungslos überfüllten Schlauchboote vor Augen, auf eine der griechischen Inseln wagen? Welchen Rat erwartete er von ihr? Natürlich wäre es schön, ihn in ihrer Nähe und in Sicherheit zu wissen. Aber dafür dieses Risiko eingehen?

„Ist das dein Ernst, Habibi?"

„Ach, Schwesterherz, ich weiß mir keinen Rat und keinen rechten Ausweg. Wenn ich aber gar nichts tue, dann werde ich noch verrückt vor Sorge um Hayfa. Ist da die möglicherweise unvernünftige Reise nicht das kleinere Übel? Könnte in Deutschland, in Europa nicht unsere Hoffnung auf eine gute Zukunft liegen? Du bist doch auch seit vielen, vielen Jahren in

Deutschland. Sag, ist es nicht ein gutes Leben dort?"

„Ja, allerdings bereitet mir die Überfahrt in den winzigen, unsicheren und überfüllten kleinen Booten große Angst. Willst du das tatsächlich auf euch nehmen?"

„Hanifa, ich weiß nicht, was mir größere Angst bereitet. Die kurze, aber gefährliche Seereise oder die täglich wachsende Wut auf uns Flüchtlinge."

Ein lähmendes Schweigen trat zwischen die Geschwister. Die unausgesprochene Sorge, den anderen zu verlieren. Eine Furcht, den Eltern davon nicht berichten zu dürfen. Die nervliche Anspannung, einen falschen Rat gegeben zu haben.

Schweigen kann schlimmer wie jedes Wort sein.

„Habib," fuhr Hanifa unvermittelt fort, „was denkst du, hätte Vater getan?"

„Baba wäre mutig nach vorne gegangen. Zum Wohle seiner Familie. Er hätte seine eigenen Ängste überwunden, die Risiken sorgsam abgewogen und dann klug entschieden." - Habib legte eine kurze Pause ein, um nachzudenken. - „Danke für deinen Rat. Ich weiß nun, was zu tun ist."

Seine Schwester wollte genau wissen, was jetzt folgen sollte, doch Habib lenkte ab. „Ich werde dich nicht mit meiner Entscheidung belasten. Du hast mir sehr geholfen. Dafür danke ich dir von Herzen. Ich melde mich bald wieder bei dir."

Dann beendete er das Telefonat und ging für eine Stunde am Meer entlang der Uferpromenade spazieren. So, wie er es in der guten Zeit in Izmir häufiger, meist mit seiner Frau Hayfa getan hatte.

Auch heute pustete die Seeluft den Kopf frei, löste die Gedanken und machte ihm Mut. Einen Mut, den er bei sich so noch nicht gekannt und auch nicht erwartet hatte. Den er nun aber benötigen würde. Beseelt lief er nach Hause, um mit Hayfa und Djamal zu sprechen.

Und so geschah es.

21

Auf dem Meer

Von Weitem lag die Ägäis wie ein Spiegel vor ihnen. Kaum eine Bewegung schien erkennbar. Kaum Wellengang. Ruhig plätscherte das Wasser an den Kiesstrand nördlich von Izmir. Auch Wind war kaum zu spüren. Eine gute Nacht für den Weg nach Europa.

Von Weitem sah das Boot richtig groß aus, wie es so am Strand lag. Mehrere Meter lang. Mehr als drei Meter breit. Fest aufgepumpt, prall gefüllt mit Luft und sicher für die Überfahrt. Der Motor schnurrte vor sich hin und verbreitete ein wohliges Gefühl von Sicherheit.

Von Weitem aus betrachtet schienen es nur ganz wenige Menschen zu sein, die sich auf den Weg vom türkischen Festland zur griechischen Insel machen wollten. Kaum mehr als drei Hände voll. Alle mit ihren wesentlichen Habseligkeiten in Rucksäcken und Taschen verstaut. Alles Notwendige für die Reise in der Not.

Von Weitem. Und in der Dämmerung. Da sah man oftmals nicht so wirklich gut.

Aus der Nähe und bei Lichte betrachtet, verschwanden Sicherheit, Ruhe und Optimismus.

Zuerst knöpften die Schleuser jeder und jedem den erwarteten Betrag für die Mitfahrt ab. Zehntausend Euro. Wer nicht genug hatte, blieb zurück. Grimmige Gesichter, unrasiert, übermüdet. Raue Stimmen, Befehlston, fordernd. Pistolen, Gewehre, Macheten. Für den Fall, dass die verbalen Drohungen nicht ausreichen sollten.

Angstvoll schauten Habib, Hayfa und Djamal auf die Szenerie. Sorgenvoll beobachteten sie, wenn den Menschen von ihrem wenigen Eigentum auch noch etwas abgenommen wurde. Weil der vereinbarte Preis nicht bezahlt werden konnte. Weil die Taschen und Koffer zu groß

waren. Weil die grausamen Männer es konnten.

Aus der Nähe betrachtet waren es
unglaublich viele Menschen, die
die Überfahrt wagen wollten. Pass-
ten sie denn wirklich alle in das
Boot. Person um Person füllte das
im seichten Wasser schwankende Etwas. Auf einmal sahen die Luftpols-
ter doch nicht mehr so gut gefüllt
aus. Mehr und mehr Menschen
schoben die Schleuser auf den
Nachen, um den Profit zu erhöhen.

Hayfa, Habib und Djamal quetsch-
ten sich auch zwischen die Menschen. Schon jetzt wackelte das
wahrlich winzige Boot auf den
noch kleinen Wellen. Aber jetzt gab
es kein Zurück mehr. Der Mut zur

weiteren Flucht war da. Der viel zu hohe Preis für die Passage war entrichtet. Sie saßen an Bord. Es gab kein zurück, sondern nur ein Voraus.

Und schon schoben die Männer mit den grimmigen, unrasierten Gesichtern das Schlauchboot über die erste Brandung ins offene Meer. Der Motor prustete und tuckerte. Die Lichter der Häuser von Izmir lagen schon fern im fahlen Morgenlicht. Aber so recht hell wollte es an diesem Morgen nicht werden.

Wolken zogen am Himmel auf und der Wind nahm zu. Immer wilder tobte die Brandung. Fest klammerte sich Hayfa an Habib. Ihre Finger gruben sich tief in seine

Hand und in seinen Oberarm. Djamal und er hielten ihre Taschen und Rucksäcke fest. Mehr und mehr schwankte das wacklige Gefährt.

Die ach so ruhige See entpuppte sich doch als raues Meer. Das Schlauchboot tanzte auf und mit den Wellen. Eben noch konnten sie über das Wasser auf die Küstenlinie von Izmir schauen und im schwachen Schein ein paar Lichter entdecken. Sekunden später drohte die nächste Welle über sie zu schwappen, sie alle zu durchnässen und zu ertränken. Nur noch Wasser um sie herum. Und auch im Boot.

Wieder hob sich das Boot ächzend und pfeifend auf die nächste von Schaumkronen bedeckte Woge.

Kinder weinten, Frauen schrien und Männer blickten finster und bitterernst auf ihre Lieben. Hinab sausten sie ins Tal. In den Bäuchen grummelte es. Manchem wurde speiübel. Andere blieben bleich. Allen steckte die Angst in den Gliedern. Viele beteten - manche still, viele laut.

Ob ihr Gott sie erhörte? Ob er ihnen Rettung, zumindest aber Hoffnung schickte? Ob sie heute sterben und vor ihren Schöpfer treten müssten? Wie viele bedrückte Fragen hier auf offener See? Und keine Antworten.

Habib hielt Hayfa ganz fest, drückte sie an sich und versuchte, ihr Trost und Mut zu spenden. Plötzlich setzte der Motor aus; erst leise gurgelnd, danach laut spuckend und schließlich mit einem letzten Pfeifen hörte er auf, das Schlauchboot voranzutreiben. Panische Schreie ertönten. Kinder schluchzten in den Armen ihrer Mütter. Nur noch das Klatschen der Wellen übertönte das Weh und Ach der Flüchtenden. Schweigend trieben sie für eine dramatische Weile in der Ägäis.

Und nun?

Gott, sei Dank ließ der böige Wind deutlich nach. Auch die dunklen Wolken verzogen sich ein wenig. Beinahe schien es so, als wolle der neue Tag anbrechen und ihnen Hoffnung senden. Für einen Augenblick kehrte Ruhe ein.

Dann ein Schrei. „Land, ich sehe Land."

Konnte das bereits die griechische Insel sein? War es möglich, dass sie es schaffen würden? Umrisse von Felsen und Strand deuteten sich an. Fast erahnten sie die Wellen, die hier ans Ufer rollten und für ein leises, aber stetiges und beruhigendes Rauschen sorgten.

Hektik kam auf. Die ersten Menschen sprangen im Übereifer über Bord und wollten an Land schwimmen. Andere wollten sie davon abhalten, weil das Schlauchboot fürchterlich ins Schlingern geriet, zu kentern drohte und viele der Insassen nicht schwimmen konnten. Manch eine Tasche fiel ins Wasser und schwamm mit den Wogen in unbekannte Fernen.

Wütende und empörte Schreie wechselten sich mit ängstlichem Wimmern vor dem Unbekannten in der Tiefe. Barsche Kommandos versuchten, die Hektik zu vertreiben und die eigene Furcht zu besiegen. Wilder und wilder schwankte das Boot. Mehr und mehr Menschen hielt es nicht mehr auf ihren Plätzen.

Wann waren sie wohl sicher?

Djamal hielt es nicht mehr aus. „Ich versuche jetzt, wie tief das Wasser ist. Eigentlich bin ich ein guter Schwimmer. Dann wissen wir, was zu tun ist."

Habib mahnte seinen Bruder zur größten Vorsicht und schützte gleichzeitig mit aller Kraft seine Frau Hayfa vor dem Sturz ins kalte Nass. Zudem hielt er nun auch Djamals Sachen. Ein Drahtseilakt im Tohuwabohu der feuchten Flucht.

Schon war sein Bruder verschwunden. „Wo bist du, Djamal?" rief er ihm hinterher.

Prustend hob er seinen Kopf aus dem Wasser. „Hier, ich bin hier. Bruder, ich kann stehen. Das Meer ist nicht mehr tief. Wenn wir jetzt mit zwei oder drei anderen kräftigen Männern das Boot packen, schleppen wir es an Land. Dann sind wir in Sicherheit. Dann haben wir überlebt."

Überraschend schnell fanden sich mutige Männer und Frauen, die in Neptuns Reich sprangen, die Seile am Boot fassten und in einem gewaltigen Kraftakt auf den Strand zogen.

Allüberall herrschte übergroße Erleichterung. Freudenszenen von unvergleichlichem Ausmaß konnten betrachtet werden. Tränen flossen reichlich. Noch mehr Gebete zum Dank für die Rettung wurden gesprochen. Denn einige Körper trieben leblos hinaus aufs offene Meer.

Hayfa, Habib und Djamal hielten sich fest und glücklich mit feuchten Augen im Arm. Welch ein Schritt! Was für eine Reise! Europa. Weg von

Krieg und Verfolgung. Europa. Frieden und Demokratie.

Die Euphorie hielt nicht lange an. Nicht nur die Menschen auf dem winzigen Boot waren wachsam gewesen. Und ja, aus der Nähe betrachtet war es ein furchtbar kleines Boot. Tatsächlich, aus der Nähe gesehen waren es mehr als hundert Menschen an Bord gewesen. Und aus der Nähe am Strand brachen hohe Wellen ans Ufer; auch das Meer war aus der Nähe furchterregend. Aber sie hatten überlebt.

Von Weitem sahen sie die Soldaten und Polizisten anrücken. Auch sie waren wachsam gewesen. Von Weitem sahen sie freundlich aus.

22

Chios (Griechenland)

Aber sie sahen nicht nur Polizei und Militär. Bei Tageslicht erkannten sie auch, dass die Insel Chios, die als fünftgrößte Insel Griechenlands in der Ost-Ägäis im Norden von zwei Bergmassiven dominiert wird. Mehrere Gipfel von über eintausend Metern Höhe, der höchste beinahe eintausenddreihundert Meter, ragten in den Himmel. In Richtung Inselmitte nahmen die Höhen deutlich ab und es zeichneten sich in dem hügeligen Relief grüne Ebenen ab. Hier wuchsen wie daheim Olivenbäume, Wein und immergrüne Mastixbäume, aus

deren Harz Ouzo, Kaugummi und Süßigkeiten hergestellt wurden. Die Küstenlinie wies an der Nordostküste, die durch die kleinasiatische Küste geschützt war, einige wenige Buchten aus.

In einer waren sie nun gelandet. Von Weitem sahen die Soldaten und Polizisten freundlich aus. Aber in der wechselvollen Geschichte der Insel als Seemacht und Zentrum von Kultur und Handel, erobert vom persischen Reich, eine zweite Blütezeit im Attischen Bund bis zum Peloponnesischen Krieg, als genuesische Kolonie und erobert von den Türken als Teil des Osmanischen Reiches, verwaltungstechnisch bis 1912 der Provinz Izmir zugeordnet, hatten die Bewohner von Chios gelernt, besonders wachsam zu sein.

Von Weitem sahen sie freundlich aus. Je näher die Uniformierten kamen, desto bedrohlicher wirkten sie. Allein die geordnete Formation, in der sie heranmarschierten und durch den Gleichschritt eine beängstigende Melodie erzeugten, schüchterte sie ein. Aber auch die Bewaffnung weckte die Furcht vor Krieg und Verfolgung.

Was würde geschehen?

Bald hatten die Soldaten sie eingekesselt. Eine Flucht konnte allein auf die offene See gewagt werden. Finstere Blicke richteten sich auf sie. Aufmerksame Blicke. Wachsame Blicke.

Zusammengerückt warteten die aus der Türkei übergesetzten Menschen darauf, wie es weitergehen würde. Hayfa rückte noch näher an Habib. Neben ihr schützte auch Djamal sie in dieser unübersichtlichen Situation. Bei allem Ungewissen vergaßen sie nicht, dass sie heil übers Meer gelangt waren.

Kommandos wurden gebrüllt. In einer nicht verständlichen Sprache. Bewegung kam auf. Die Polizisten forderten alle auf, ihre Pässe vorzuzeigen. Wer keinen hatte, wurde separiert. Hayfa, Habib und Djamal hielten ihre Ausweisdokumente hoch. Die Soldaten schoben sie aus dem Kreis zu einem Sammelpunkt weiter. Mit etlichen anderen. Dort warteten sie wieder. Aber was geschah mit denjenigen, die ohne Papiere gestrandet waren?

Was sie nicht wussten war, dass es auf der Insel sogenannte Auffanglager gab. Noch im Aufbau. In Zelten und Containern sollten die Menschen so lange bleiben, bis ihre Identität geklärt und über ihren Asylantrag entschieden war. Einladend war es nicht. Auf engstem Raum, ohne Elektrizität, nur stundenweise mit fließendem Wasser und unter hygienisch wenig erfreulichen Bedingungen würde man auf unbestimmte Zeit auf der Insel bleiben. Und dann möglicherweise zurückgeschickt werden. Aber davon wussten die drei aus Aleppo ja nichts.

Die Soldaten schoben sie immer weiter, bis sie zu einer Straße kamen, an deren Rand Busse auf sie warteten. Auch wenn sie die Sprache nicht verstanden, reichten die Zeichen, sich in den Bus zu setzen. Und wieder zu warten.

Ein Mensch nach dem anderen kletterte mit seinem Hab und Gut, dass gerettet werden konnte, in das Fahrzeug. Voller und voller wurde es. Bald waren alle Sitzplätze belegt. Noch immer stiegen Menschen, gedrängt von den Soldaten, ein. Das Gemurmel stieg zu einem lauten Getöse an. Ein Sprachengewirr aus Unsicherheit, Angst und Hoffnung. Kinder weinten.

Dann schlossen sich die Türen und der Bus ruckelte in Richtung Hafen. Dort wiederholte sich das Prozedere, nur umgekehrt. Und nun? Nun drängte man sie in Richtung der Mole und an Bord einer Fähre. Das Gemurmel und Geschrei, das Wimmern und Weinen, das Beten und Bangen wich einer furchterregenden Stille. Wie eine Grabesstille. Kein Laut war zu vernehmen. Selbst die Kommandos der Soldaten verstummten. Allein das Plätschern der Wellen an die Kaimauer und den Rumpf des Schiffes sowie das vorsichtige Säuseln des Windes blieben.

Bald danach schlossen sich die großen Tore der Fähre. Sie legte ab und brachte Hayfa, Habib und Djamal nach Piräus, wohin die Fähren mehrmals wöchentlich von Chios aus segelten. Aber davon wussten sie nichts.

Es gelang Habib gerade noch, eine Nachricht an seine Schwester Hanifa nach Siegen abzusetzen.

„Wir sind in Griechenland. Eine Fähre bringt uns ans Festland. Uns geht es gut. Mach dir keine Sorgen. Wer zuversichtlich ist, dem wachsen Flügel."

23

Siegen (Deutschland) und Aleppo (Syrien)

Die Drähte glühten heiß in diesen Tagen. Von Siegen nach Aleppo. Von Aleppo nach Istanbul. Von Istanbul nach Siegen.

Es gab viel zu berichten und viel zu spekulieren. Es gab zahlreiche Sorgen und Ängste. Wo waren die Drei jetzt? Warum hatten sie vorher nichts erzählt? Wie würde es weitergehen? Wohin würden sie kommen? Waren sie gesund?

Hunifa versuchte, ihre Eltern und Verwandten zu beruhigen. „Sie sind auf dem Festland

angekommen. Die wahnsinnige Seereise, die so vielen Flüchtlingen das Leben gekostet hat, ist überstanden. Sie haben ihr Schicksal in die eigenen Hände genommen."

Leyla weinte. Vor Glück. Und vor Sorgen. Tröstlich wollten ihr die Worte der Tochter im fernen Deutschland nicht so recht sein. „Ich schlafe erst wieder ruhig, wenn ich mit meinem Habibi selbst gesprochen habe und er mir berichtet, dass es allen gut geht. Es bricht mir sonst das Herz. Mein Mutterherz." Abermals schluchzte sie, dann nahm Vater Baschar den Hörer und redete mit Hanifa.

„Hast du eine Vorstellung, wie es weitergehen könnte. Hier sind die

Nachrichten spärlich und von der Regierung gesteuert. Man weiß nicht, was man glauben soll oder kann. Wie schätzt du die Lage ein? Bei euch wird man den Medien ja vertrauen können."

Jetzt schluckte Hanifa. „Ja, Baba, hier sind die Nachrichten verlässlich. Ob ich sie aber gut finden soll, weiß ich nicht. Nach allem, was wir wissen, sind die Flüchtlinge aus Syrien, aber ebenso aus dem Irak und Afghanistan, in großer Zahl auf dem Weg aus der Türkei über Griechenland und dann über den Balkan nach Deutschland, England und Frankreich. Sie nennen es „Balkanroute". Bei Wind und Wetter müssen sie laufen, wenn sie nicht genügend Geld haben, ein Fahrzeug anzuhalten und für ein Stück mitgenommen zu werden. Es ist ein beschwerlicher und weiter Weg. Das ist es, was sie vor sich haben, Baba."

Dann riss das Gespräch ab. Ob es an Kämpfen in Aleppo oder technischen Störungen lag, konnte Hanifa nicht ergründen. Für Tage blieben sie voneinander abgeschnitten. Im Ungewissen. In Sorge. Aufgewühlt. An Ruhe und Schlaf war nicht zu denken.

24

„Balkanroute"

Das europäische Schicksal hing schon einmal am Balkan. Einhundert Jahre zurück löste ein Attentat in Sarajewo in der Folge den ersten Weltkrieg aus. Reiche zerfielen. Menschen starben. Die Welt wurde neu geordnet. Der Völkerbund als Vorgänger der Vereinten Nationen sollte zu einer friedlicheren und humaneren Welt beitragen. Menschenfeindliche Waffen sollten geächtet werden. Aus dem Chaos in ein zivilisierteres Miteinander.

Nun wieder der Balkan. Erneut standen die Länder der früheren

Vielvölkerstaaten Österreich-Ungarn und Jugoslawien im Zentrum europäischer Politik und des Weltgeschehens. Dieses Mal nicht unmittelbar durch kriegerische Handlungen, sondern mittelbar aufgrund der Auswirkungen von Krieg und Verfolgung in anderen Ländern.

Würde sich Europa als würdig - als menschenwürdig - erweisen?

Hayfa, Habib und Djamal schleppten sich seit Tagen voran. Jetzt waren sie - weit von der Heimat entfernt und um einige ihrer Ersparnisse erleichtert - auf staubigen oder schlammigen Pisten in Nordmazedonien unterwegs. Immerhin. Denn ob aus Freundlichkeit oder weil man die Flüchtlinge loswerden wollte, hatte die griechische Regierung im Hafen von Piräus Busse bereitgestellt. Die immer selben erbarmungslosen Uniformierten trieben sie in die Fahrzeuge, die sie dann durch Griechenland bis an die Grenze in Florina nach Nordmazedonien brachten.

Gleich hinter der schnell passierten Grenze nach Nordmazedonien marschierten Hayfa, Habib und Djamal in einem großen Tross in Richtung Bitola. Die drittgrößte des Landes am Fuß des Baba-Gebirges liegt nur dreizehn Kilometer weit entfernt. Bis dahin wollten sie es an diesem Tag noch schaffen. Habib hatte von der Jeni-Moschee gehört.

Vielleicht könnten sie morgen am Freitagsgebet teilnehmen und Kraft für die gut einhundertsiebzig Kilometer lange Strecke bis in die Hauptstadt nach Skopje schaffen. Sie schafften es.

Und wie gut diese, wenn auch nur kurze Verschnaufpause tat. Sie hatten einerseits ihre Getränkevorräte mit Wasser aus der Mineralwasserquelle, die aus dem Pelister-Gebirge strömte, aufgefüllt und andererseits ihre geistige Reserven durch den Besuch des Freitagsgebets erquickt.

Aufgemuntert liefen sie nun mit den vielen anderen durch die Pelagonien-Ebene zwischen Bitola und Prilep. Mit ihnen liefen hunderte, ach was, tausende Menschen auf der sogenannten „Balkanroute". Von Griechenland über Nordmazedonien, Serbien und Ungarn nach Österreich. Von dort schien es nur noch ein Katzensprung bis nach Deutschland zu sein. Und nach Siegen zu Hanifa.

Die meisten um sie herum hatten ein vergleichbares Schicksal. Im Kreise der anderen Flüchtlinge fühlten sie sich ein wenig sicherer. Männer aus Aleppo. Kinder aus Afrin. Frauen aus Damaskus. Das waren doch Landsleute. Also gingen sie weiter. Immer weiter. Im Regen. Im Sonnenschein. Bei Wind und Wetter.

Hayfa, Habib und Djamal hielten sich abseits der Haupttransitstrecken, die im Allgemeinen gut ausgebaut waren. Doch auf den Schnellstraßen tummelten sich auch Räuber und Ganoven. Üble Geschichten und Gerüchte machten unter den gebeutelten Flüchtlingen die Runde. So blieben sie nahe der Überlandstrecken, die wegen ihres teils sehr schlechten Zustands mit Vorsicht zu genießen waren. Tiefe Spurrillen, unerwartete Schlaglöcher, sandige Abschnitte und Schotterpisten machten das Fahren, aber ebenso das Marschieren zum Abenteuer.

Auf ihrem teils querfeldein führenden Weg gen Norden staunten sie trotz der Anstrengungen über eine überwältigende Vielfalt an landschaftlichen und kulturellen Höhepunkten. So viel Wald. So viel Grün. Zudem erlebten sie die sprichwörtlich herzliche Gastfreundschaft seiner Bewohner*innen.

Das gereichte Baklava mundete heimatlich gut. Ein Blätterteiggebäck aus gehackten Walnüssen, Mandeln oder Pistazien, in Honig oder Zuckersirup eingelegt. Welch unerwartete Gaumenfreuden in diesem fremden Land. Beinahe wie in Aleppo. Tat das gut. Balsam für die geschundene Seele.

Von der Ferne sahen sie das üppig bewaldete Gebirge des Galicia Nationalparks. Er wurde im Jahre 1985 zum Nationalpark erklärt und steht seither unter dem Schutz der Regierung, gelegen zwischen dem Ohrid- und dem Prespasee im Südwesten von Nordmazedonien. Majestätisch ragte mit dem Magaro die höchste Erhebung heraus.

Gelegentlich wähnten die Wandernden die glitzernden Wasser des Ohridsee zu entdecken. Der zu den ältesten Seen der Erde zählende Ohridsee liegt zum größten Teil auf nordmazedonischem Staatsgebiet, zu einem kleineren Teil auf albanischem. Aber vielleicht war es auch nur eine Fata Morgana. Wer weiß das schon.

Habibs Gedanken schweiften ab: Wie schön es wohl gewesen wäre, eine Schifffahrt zur Klosteranlage Sveti Naum oder einen Spaziergang am Fuße der Klippen zu Jovan Kaneo zu unternehmen. Das im 9. Jahrhundert von dem Gelehrten Naum, Slawenapostel und Heiliger, erbaute Kloster am Ufer des Ohridsees ist UNESCO-Weltkulturerbe. Besonders beeindruckend ist die dreischiffige Kreuzkuppelkirche, mit unzähligen Fresken im Inneren, die Szenen aus dem Leben Naums und dem damaligen Alltagsleben der Mönche beschreiben.

Doch für diese Schönheiten gab es auf der Flucht keinen Raum. Später, viel später kämen sie möglicherweise zurück.

Doch zunächst einmal galt es, die Strapazen auszuhalten. Oder Entscheidungen zu treffen. Steigen wir in den Anhänger des Lastwagens oder nicht. Gewiss, es würde die Reise erheblich beschleunigen. Wie viel sollte es kosten? Wie viel Erspartes hatten sie noch? War es sicher? Immer wieder geisterten Geschichten oder Gerüchte über Menschen, die in solchen oder ähnliches Anhängern erstickt seien.

Sie entschieden sich, weiter zu laufen. Auch wenn die Füße schmerzten. Auch wenn der Hunger manchmal an den Nerven zehrte. Auch wenn die Nächte voller Furcht und Kälte waren. Auch wenn es wiederholt Berichte über Überfälle und

Vergewaltigungen gab. Auch wenn es nur sehr langsam voranging.

Sie schleppten sich mühselig querfeldein in Richtung Skopje. Langsam hatten sie sich an das kontinentale Klima gewöhnt. Am Kozak-See entlang schlichen Hayfa, Habib und Djamal zum Matka Canyon. Die ganz in der Nähe von Skopje liegende bis zu fünfunddreißig Meter tiefe Schlucht ist ein idealer Rückzugsort für Ruhesuchende. Dieses wahre Naturwunder erschuf der Fluss Treskta im Verlauf von Jahrhunderten.

In einer der zehn Höhlen verschanzten sie sich für drei Tage, an denen es nicht aufhören wollte, zu regnen. Sie gönnten sich eine

Ruhepause für den weiteren Weg. Schlafen und essen. Von den Schönheiten, beispielsweise der Vrelo-Höhle mit ihren zahlreichen Stalaktiten ahnten sie nichts. Nur ein seltener Balkanluchs schaute neugierig, aber scheu vorbei.

Nach der labenden Rast passierten sie den Canyon. Zahlreiche Tierbewohner, insbesondere siebenundsiebzig Arten einheimischer Schmetterlinge, begleiteten und erfreuten sie. Kurz vor Skopje mussten sie noch den Treskta-Fluss durchschreiten. Eine Brücke, na, ja, mehr ein hölzerner Steg, war durch den Regen eingestürzt. Sie hatten die Wahl, umzukehren und viele

Kilometer zurückzulaufen, oder durch das Wasser zu waten.

Nach kurzer Beratung entschlossen sie sich, die Schuhe auszuziehen und die offensichtlich kleinere Anstrengung in Kauf zu nehmen. Das kniehohe, kalte Wasser setzte ihnen zu. Die Kälte stach in die Muskeln. Die Steine unter den nackten Füßen schmerzten entweder oder waren glitschig. Jetzt bloß nicht hinfallen. Letztlich strengte die Passage sehr an. Hayfa wusste, wie sehr es sie quälte. Doch tapfer kämpfte sie sich voran. Alle mussten hindurch. Schließlich nahte das Ufer. Ein letzter Schritt. Eine helfende, stützende Hand. Puh. Drüben. Froh und glücklich umarmten sie sich.

Und dann endlich, nach einhundertsiebzig Kilometern: Skopje. Beschwerlich quälten sich die Flüchtenden durch die nordmazedonische Hauptstadt. Die oberhalb der Stadt auf einem Hügel thronende Festung Kale erinnerte sie tränenreich an die Zitadelle von Aleppo. Wie weit ist Syrien?

Durch die beschauliche Altstadt Stara Carsija mit ihren Moscheen, vielen kleinen Läden, Hammams, Märkten sowie Restaurants und Imbissläden schlichen sie zur steinernen Vardar-Brücke. Sie überspannt den gleichnamigen Fluss, ist ein Wahrzeichen von Skopje und mündet direkt in dessen Hauptplatz. Die zahlreichen Moscheen, die berühmteste und größte ist die Mustafa-Pascha-Moschee, sorgen bei Hayfa, Habib und Djamal für ein sehnsüchtiges Gefühl von Heimweh. Es fehlt allein noch der Ruf des Muezzin.

Auch nachdem sie Skopje verlassen hatten, auf dem Weg zur serbischen Grenze, trafen sie unterwegs freundliche Menschen, die ihnen für ein oder zwei Tage in einer Scheune Unterschlupf gewährten, damit sie einmal ausruhen und Kraft für den weiteren Weg schöpfen konnten. Und obwohl diese Menschen selbst nicht viel hatten, bekamen sie etwas zu essen. Wärme und Güte in grausamer Welt.

Natürlich wurden sie von geizigen Großgrundbesitzern vertrieben, wenn sie zur Nacht lagern wollten. Selbstredend wurden sie angetrieben von dienstbeflissenen Polizisten, damit sie das Land schnell durchquerten. Selbstverständlich wurden sie getrieben von neidischen Landsleuten, die viel weniger hatten.

Und dauernd begleiteten sie die schrecklichen Bilder von erschöpften Menschen am Straßenrand, die nicht mehr weiter konnten oder wollten. Sie lagen inmitten von all dem Schmutz und Dreck, dem Müll und Unrat, der von den Flüchtenden einfach an Ort und Stelle liegen gelassen wurde. Verzweifelt suchten diese Menschen ein Dach über dem Kopf, eine Hütte, ein Zelt, einen schützenden Baum, um sie vor Regen oder Sonne zu bewahren. Oder einfach, um ihnen für eine Weile Obhut zu gewähren. Traurigkeit, Fassungslosigkeit und eine schier unendliche Müdigkeit nach all den Strapazen und Quälereien schwappten ihnen entgegen. Dies zehrte an den Kräften. Körperlich und mental.

Es war ein täglicher Kampf. Aber ebenso eine Zeit, in der Hayfa und Habib noch enger miteinander verbunden wurden. Die gemeinsame Anstrengung und die Sorge umeinander, ließ die Zweisamkeit wachsen. Zusammen waren sie stark.

Zusammen konnten sie alles schaffen. „Wir schaffen das, Habibi,“ sagte Hayfa eines Tages unvermittelt. „Wir sind so weit gekommen. Ich bin zwar müde und erschöpft. Lieber heute als morgen würde ich für viele Tage schlafen wollen. Doch das ist jetzt nicht möglich. Mit dir - und natürlich mit Djamal - gehe ich bis nach Deutschland. Bis zu deiner Schwester.“

Habib nahm sie mitten auf der rutschigen Straße in den Arm, drückte sie fest und gab ihr einen liebevollen Kuss. In Gedanken träumte er sich weit weg an den Quwaiq Fluss in Aleppo, an dem er mit dieser wunderbaren Frau (unschicklich)

Hand in Hand spazieren ging. Dann schmunzelte er.

„Warum lachst du?" wollte seine Liebste wissen.

Dann erzählte er ihr, während sie wieder auf dem Weg nach Norden gingen, von seinem Traum, von seines Vaters Vorsehung und von der Fügung, die all die Dinge zusammengebracht hatte.

In dieser Nacht liebten sie sich - eine Nacht wie tausend und eine Nacht. Sie schwebten hinfort aus dem Alptraum des Krieges und der Verfolgung. Sie träumten sich hinweg in himmlische Sphären. Sie vergaßen alles, was um sie herum geschah oder auch nicht geschah. Sie verdrängten Trostlosigkeit,

Müdigkeit, Hunger und Durst. Hier waren allein sie: Hayfa und Habibi. Zwei Liebende auf ihrem eigenen Weg. In ihrer eigenen Welt. Sicher und geliebt.

All dies, ihre Gemeinsamkeit und ihr Zusammenhalt, machte die Schritte leichter. Ein wenig leichter. Denn nach und nach näherten sie sich der nordmazedonisch-serbischen Grenze. Djamal erwies sich als herzensguter Begleiter auf dem beschwerlichen Weg. Er ermunterte sie, wenn Hayfa und Habib schwermütig und belastet wirkten. Und er ließ ihnen ausreichend Raum, wenn er fühlte, dass sie mehr Zweisamkeit brauchten.

Irgendwann sprach es sich bei der großen Gruppe herum. Presevo. Erst flüsterte man. Dann riefen sie den Namen einander zu. Es war wie ein Zauberwort. Erleichterung breitete sich aus. Bei Hayfa, Habib und Djamal ebenso, wie bei den vielen anderen Begleitern auf dem gemeinsamen Pfad jenseits des Krieges. Es trieb sie nochmals voran. Noch einmal anstrengen. Presevo. Kein verzauberter Ort. Kein verwunschener Ort. Keine Magie. Presevo war der serbische Grenzort. Nüchtern und wenig einladend. Aber: Bald hatten sie wieder einen Abschnitt bewältigt, ein Stück ihres Weges in Richtung Sicherheit und Frieden geschafft.

25

Serbien und Ungarn

Bis zur Mitte des Jahres 2015 registrierte Ungarn rund einhundertfünfzigtausend Flüchtlinge und wies sie in provisorische Lager ein. Und es begann mit dem Bau eines Grenzzaunes zum Nachbarland Serbien, um den Flüchtlingsstrom auf der Balkanroute zu unterbinden.

Hayfa, Habib und Djamal hatten davon etwas aufgeschnappt. Würde ihre Flucht auf dem letzten Stück scheitern? Sie verstärkten ihre Anstrengungen auf den Straßen und Pisten in Nordmazedonien. Kaum eine Stunde Schlaf gönnten sie sich. Kaum eine Rast, nur um ein wenig zu essen und zu trinken. Ihr Mut sollte doch nicht an einem neuen Grenzzaun scheitern. Nicht jetzt. Nicht gerade jetzt.

Wieder und wieder dachten sie darüber nach, doch in einen Anhänger zu steigen. Doch die Furcht überwältigte sie. Die Geschichten stimmten. Bilder von erstickten Menschen in den Anhängern von Lastkraftwagen gingen um die Welt und lösten Betroffenheit und Empörung aus. Den Schleusern bedeutete es nichts. So wenig war ihnen ein Menschenleben wert.

Soweit die Füße tragen, so hieß nicht nur ein berühmter Roman.

Soweit ihre Füße tragen, hieß auch das Motto der Flüchtlinge. Eilig näherten sie sich der Grenze Serbiens. Ein langer Tross um sie herum. Würde alles gut gehen?

Erleichtert sahen sie den Grenzposten. Serbien war offen. Nicht glauben konnten sie, dass dort Menschen in Busse stiegen und weiterfuhren. Wohin würden sie wohl gebracht werden? Unbehagen stieg auf. Aber es gab kein zurück. Nur ein weiter, immer weiter.

Zu ihrer Freude, Erleichterung und Überraschung hatte sich die serbische Regierung entschieden, die Flüchtlinge schnell durch ihr eigenes Land an die Grenze zu Ungarn zu bringen. Es konnte dahingestellt bleiben, ob es sich um eine humanitäre Geste zugunsten der geplagten Menschen handelte oder ob man die Flüchtlinge einfach den Ungarn vor der Fertigstellung des Grenzzaunes überlassen wollte.

In Serbien schlägt das Herz Europas. Und heute wohl auch für die Flüchtenden.

Egal. Wichtig allein war die Tatsache, dass sie rasch vorankamen. Sie konnten ein bisschen ausruhen. Für einen Augenblick schlafen. Kraft schöpfen für die neuen Herausforderungen, die ganz gewiss noch auf sie warteten. Kaum saßen sie - Hayfa und Habib eng umschlungen - im Bus, schliefen sie tief und fest. Traumlos.

Von der liebreizenden Landschaft Serbiens sahen sie nichts. Dabei hat Serbien mehr zu bieten als man denkt! Ein beinahe unentdeckter Landstrich des Balkans mit Naturschätzen und pulsierenden Städten: Belgrad, die „weiße Stadt", der Fluss Uvac, der sich in atemberaubenden Kurven durch den Südwesten Serbiens schlängelt und malerische Seen nahe Bosnien und Herzegowina. Dazu eine bezaubernde Tier- und Pflanzenwelt sowie geologische Naturwunder.

Sie nahmen davon nichts wahr. Auch die Flüchtlinge, die laufen wollten (oder mussten) sahen sie nicht. Nachrichten, die von den katastrophalen Verhältnissen für die

Flüchtenden in Ungarn berichteten, drangen nicht zu ihnen durch.

Ein wenig erholt erwachten sie an der serbisch-ungarischen Grenze. Für sie wiederholten sich die barschen Kommandos im Kommisston, der in jedem Land gleich war. Nur in einer anderen Sprache eben.

Also raus aus dem Bus. Rasch über die serbische Grenze. Warten. Finster dreinblickend fertigten die ungarischen Zöllner sorgfältig, manche behaupteten drangsalierend betulich, einen nach dem anderen ab. Fahrzeuge konnte Habib nirgends entdecken. Wie würde es weitergehen?

Er beriet sich mit seinem Bruder Djamal. Sie hatten von den

ungarischen Lagern gehört, in die Flüchtlinge eingewiesen wurden und aus denen sie nur sehr schwer wieder herauskamen. Zelte auf kaltem, bei Regen schlammigem Boden. Mobile Toiletten, aber keine Duschen. Abgeschottet von der einheimischen Bevölkerung. Massenlager. Wie soll eine Frau dort ihr Baby bekommen? Wie sollen Menschen dort menschenwürdig leben?

Es gab wohl auch Lager, in denen kleine, freundliche Unterkünfte für Familien bereitstanden. Dort wohnte man in Holzhäusern und nicht in Zelten. Dort arbeiteten die Erwachsenen. Dort gingen die Kinder zur Schule. Und dort lebten ganz besonders schutzwürdige

Menschen. Behinderte Kinder, Folteropfer, Schwangere. Dies waren Leuchtturmprojekte der Menschenwürde. Gleichwohl galt auch, dass die Menschen festsaßen und nicht mehr vorankamen.

Aber wie sollten sie erfahren, welches Lager für sie vorgesehen war? Wie könnten sie sich den ungarischen Beamten mit ihrer besonders schwer zu verstehenden Sprache verständlich machen? Wie konnten sie sicher sein, dass sie zusammenblieben? All diese Fragen belasteten Habib sehr. Müssten sie sich nicht weiter selbst helfen und auf den Weg machen?

Eine Gruppe junger Männer stand zusammen und beredete lautstark die Situation. Sie wollten sich auf gar keinen Fall in ein ungarisches Lager einweisen lassen. Einer von ihnen, Faris, der Name hat die starke Bedeutung Ritter und steht für einen ehrenwerten Kämpfer und Beschützer, hatte irgendwie eine Landkarte organisiert. Er wusste, dass man „nur der zentralen Straße M 5 folgen müsse, um über die Stadt Kecskemet weiter bis nach Budapest, die ungarische Haupt- stadt, zu gelangen. Von dort werde man sehen, wie die Regierenden sich zu den Flüchtlingen stellen."

Und so geschah es.

Bevor die viel zu wenigen Grenzbe- amten, Soldaten oder Polizisten re- agieren konnten, setzte sich eine große Menschenmenge in Richtung Budapest in Bewegung. Darunter auch Hayfa, Habib und Djamal. Da noch unzählige Menschen an der serbisch-ungarischen Grenze warteten, ließ man sie ziehen. Spätere Bilder von Prügeleien zwischen Polizisten und Flüchtlingen, denen man den Übertritt verwehren oder die man zwangsweise in Lager einweisen wollte, gingen als Mahnmal um die Welt.

Doch da waren Hayfa, Habib und Djamal schon wieder auf ihrem Weg.

26
Budapest (Ungarn)

„Wer sind wir, was sind unsere Werte wirklich wert, wenn wir so etwas weiter geschehen lassen?" titelte die BILD-Zeitung. Mit dieser Schlagzeile ging das Bild eines unbekannten, ertrunkenen Jungen, der an einem namenlosen Strand sein Leben ausgehaucht hatte, in die Öffentlichkeit. Es legte Zeugnis ab von der bestürzenden Lage der Flüchtlinge auf dem Weg nach Westeuropa. Sein Tod wurde zum Symbol der Unmenschlichkeit.

Für Habib hingegen war es ein Marsch der Hoffnung. Weit weg vom

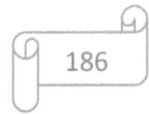

Krieg in seinem Heimatland. Weit weg von der Trostlosigkeit der zerstörten Häuser. Weit weg von der Trauer über den Verlust geliebter Menschen. Hin zu einer besseren Zukunft. In einem freien, friedlichen und demokratischen Land. Er dachte an seine Schwester, die so viel davon zu berichten wusste, seit sie in Deutschland lebte. Ja, das sollte ihr Ziel sein. Ein Marsch der Hoffnung, auch für seine Frau Hayfa, die guter Hoffnung war. Doch davon wusste Habib noch nichts.

Von Tag zu Tag fiel es ihr schwerer, die Schritte zu zählen, geschweige denn, sie zu gehen. Man konnte jetzt schon erkennen, dass ein Kind in ihr wuchs. Ja, sie war sehr schlank und zierlich, aber deutlich zeichnete sich das Bäuchlein ab. Wie weit es wohl noch war? Bis nach Budapest. Dort würden, nein, dort müssten sie ausruhen, einen Arzt aufsuchen und endlich ihre Familien benachrichtigen. Inschallah, so sei es.

Das ist Glück: lieben und spüren - ich bin geliebt.

Wie hatte Hayfa vor so unendlich vielen Tagen und Nächten gesagt: „Wir schaffen das." Und genau so war es dann auch. Nach abertausenden Schritten, nach viel zu wenig Ruhe und Schlaf, zermürbt, ermattet und nervlich beinahe am Ende erreichten sie zu Dritt - und mit vielen anderen Flüchtenden - die ungarische Hauptstadt. Dort campierten sie mit tausenden anderen am und auf dem Bahnhof. Um sich zu erholen und um auf ihre Weiterreise nach Deutschland zu warten.

Der „Marsch der Hoffnung" hatte sie alle weit gebracht. Nicht ganz ohne Stolz benachrichtigte Habib seine überglückliche Schwester. Aber noch nicht über alles.

Hanifa übernahm es, die Familien in Istanbul und Aleppo zu informieren und zu beruhigen. Trotz allem - es ging ihnen gut.

27

Ein Satz

Bei einer Rede betonte die deutsche Bundeskanzlerin Angela Merkel: „Wir schaffen das. Wir haben schon so vieles geschafft. Wir haben in dieser Situation die Verpflichtung zu helfen. Wir schaffen das."

Ein Satz.

Ein Satz, der die Weltgeschichte berührte und veränderte.

Ein Satz voller Menschlichkeit und Zuwendung. Ein Satz voller Hoffnung. Ein Satz, der Mut machte und eine positive, ja enthusiastische Stimmung auslöste. Ein Satz, der politische Führung und politische Courage bedeutete.

Ein Satz voller Würde.

Und ein Satz, der später, als das Pendel ins Gegenteil umschlug, der deutschen Bundeskanzlerin schwer zusetzte. Die zunächst sehr positive, euphorische Stimmung in der deutschen Öffentlichkeit begann, sich zu verändern.

Und doch ist es ein Satz, der bleibt: „Wir schaffen das!"

28

Budapest (Ungarn)

Der Satz führte zur internen Weisung des Bundesamtes für Migration und Flüchtlinge, wonach Flüchtlinge aus Syrien, die nach Deutschland einreisen wollten, fortan nicht mehr abgewiesen werden sollten. Dies galt auch, wenn sie in einem Land der europäischen Union, dass sie zuvor betreten hatten, registriert waren.

Diese „Weisung" setzte zutiefst human und verwaltungsvereinfachend den politischen Willen der Bundeskanzlerin um. Die in die Öffentlichkeit gelangte interne

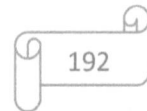

Regelung wurde vielfach so verstanden, dass Deutschland die Flüchtenden ungeprüft ins Land lassen würde.

Aber so war es nicht.

Die Nachrichten verbreiteten sich in Budapest rasend schnell, so wie ein Buschfeuer im ausgetrockneten Gras. Hayfa, Habib und Djamal beschlossen, mit den dreitausend anderen, die seit einer inzwischen vergessenen Anzahl von Tagen am Bahnhof ausgeharrt hatten, nicht länger in Ungarn zu bleiben, sondern sich auf den gut einhundertachtzig Kilometer langen Weg nach Österreich zu machen. Und dann nach Deutschland.

Endlich.

Der Aufbruch sorgte dafür, dass die ungarische Regierung die Menschen mit Bussen an die österreichische Grenze brachte. Angesichts der Notlage und der Sorge vor einer humanitären Tragödie, denn im Zweifel hätten die Flüchtenden an den Grenzen mit Gewalt zurückgedrängt werden müssen, entschieden der österreichische Bundeskanzler und die deutsche Bundeskanzlerin, die Flüchtlinge nach Deutschland weiterreisen zu lassen.

Nach Ankunft in Österreich wurden die Menschen in Zügen nach München gebracht, wo sie von vielen Einheimischen betont freundlich begrüßt wurden. Überall erklärten sich Deutsche bereit, Flüchtlinge aufzunehmen.

Rückblickend betrachtet gilt die deutsch-österreichische Entscheidung als Auslöser für die Einreise von bis zu eineinhalb Millionen Flüchtlingen nach Deutschland bis zum Sommer 2016. Die Balkanroute als Weg war da schon nicht mehr passierbar. Österreich, Ungarn, Kroatien, Slowenien, Serbien und Nordmazedonien schlossen ihre Grenzen.

Hayfa, Habib und Djamal waren überglücklich, die gefährliche Reise bis nach Deutschland geschafft zu haben. Müdigkeit und Angst wichen den nun aufkommenden Fragen, wie es weitergehen

würde. Anträge auf politisches Asyl.
Unterbringung. Und nicht zuletzt,
wie konnte Habib seine Schwester -
hoffentlich bald - wiedersehen.

29

Deutschland

Deutschland: Einigkeit und Recht
und Freiheit. Deutschland: Frieden
und Demokratie und Sicherheit.
Deutschland: Ordentlich und
pünktlich und verlässlich. Deutschland: Neben England und Frankreich Sehnsuchtsziel vieler Flüchtlinge, Asylbewerber und Migranten.
Von Frauen und Männern. Von
Jung und von Alt.

Deutschland. Nun waren sie endlich da. Hayfa, Habib und Djamal. Überglücklich, abgekämpft und gleichwohl zuversichtlich. Eine unerwartete, fordernde und anstrengende Reise hatte ihr vorläufiges Ende gefunden. Und was kam jetzt?

Jede Menge emotionale Telefonate. Mit den Eltern. Mit den Geschwistern. Sie hatten so viel zu erzählen. Leyla und Baschar wollten wirklich alles wissen. Geduldig beantworteten sie die Fragen der besorgten und nun etwas beruhigten Eltern. So ausführlich wie möglich, aber auch so schonend wie nötig.

Aber irgendwann war es Zeit für die große Neuigkeit. „Ummi," begann Habib und sie ahnte sofort, dass etwas Wichtiges geschehen sein musste, „Ummi, du wirst Dschidde (Großmutter). Hayfa und ich bekommen ein Kind. Inschallah, so Gott will, wird es im neuen Jahr geboren werden."

Nach einem Augenblick des überraschten Schweigens rief seine Mutter freudige Jubelrufe aus. Alle sollten es erfahren. Alle. Welch ein Glück. Welch ein Wunder. „Wie geht es meiner Tochter?" wollte sie wissen und dann tauschte sie sich ausführlich mit Hayfa aus.

Natürlich wollten aber auch Habib, Hayfa und Djamal wissen, wie es in Aleppo ging.

„Ach," begann Baschar, „der Krieg ist noch da. Momentan lassen die

Kämpfe nach. Alle bereiten sich wohl auf die entscheidenden Schlachten vor. Überall liegt der Schutt der zerstörten Häuser auf den Wegen. Kaum dass die Fahrzeuge durchkommen. Waren beziehen wir immer weniger und das dann immer schwerer. Die wenigen Kunden schreiben meist an, weil sie kaum noch Geld erhalten. Strom und Wasser gibt es nur stundenweise. Dein Onkel und seine Familie denken daran, nach Jordanien zu gehen. Alle Berichte aus diesem gastfreundlichen Land hören sich gut an. Ach, mein Herz ist mir schwer. Doch wir geben unseren Nachbarn auch Hoffnung. So, wie du, mein Sohn. Du machst mich stolz. Wir schaffen das."

An dieser Stelle musste Habib spontan lachen. Das irritierte Baschar. „Was soll das bedeuten? Willst du deinen Vater nicht ehren?"

„Ach, Baba, nichts läge mir ferner. Es war dein letzter Satz. Nicht nur du verleihst der Hoffnung Ausdruck. Genau diese Worte wählte Hayfa in düsterer Stunde auf der Balkanroute, um uns aufzumuntern. Ja, und selbst die deutsche Bundeskanzlerin verwendete diese Worte. Wir schaffen das. Deshalb musste ich lachen, aber nicht über dich."

Jetzt lachten Beide.

„Wisst ihr denn schon, wie eure Reise weitergehen wird? Könnt ihr nach Siegen zu Hanifa kommen? Meldet euch wieder regelmäßig," mahnte Baschar eindringlich bittend.

Was auf sie zukommen sollte, wussten sie nicht. Sie hatten keine Vorstellung davon, wie eine Einwanderung oder ähnliches vonstattengehen würde. Auch wenn er die Sorgen seines Vaters nicht nachvollziehen konnte, sie waren ja jetzt im sicheren Deutschland, versprach Habib die regelmäßigen Gespräche.

Da ahnte er noch nicht, dass sich die Sorgen einmal umkehren könnten und er in nicht allzu ferner

Zukunft seine Eltern besser verstehen würde.

30

Deutschland

Deutschland: Bürokratie und Formulare. Warten. Endlose Befragungen. Schwierige Übersetzungen. Woher? Syrien. Woher genau? Aleppo. Warum geflohen? Krieg. Warum genau? Wir sind Kurden. Und wieder von vorne, weil ein Formular fehlte oder weil etwas nicht verstanden wurde. Ein langer, zermürbender Prozess.

Erstaufnahmeeinrichtung. Ankunftszentrum.

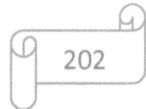

Flüchtlingsunterkunft. Die Deutschen hatten merkwürdige Bezeichnungen für ihre Behörden und diese Massenunterkünfte. In Turnhallen. In Hotels. In Schulen. In Containern.

Schlimm war das Warten. Im Bundesamt für Migration und Flüchtlinge. Vor dem Gesundheitsamt. In der Gemeinschaftsunterkunft. In beengten räumlichen Verhältnissen. Im Mehrbettzimmer. Ohne Privatsphäre. Ohne ausreichende Rückzugsbereiche. Laut, bisweilen schmutzig.

Am schlimmsten war die Warterei ohne Arbeit, ohne sinnvolle Aufgabe. Und immer noch keine Entscheidung über den Asylantrag.

Sie ließen sich gleichmütig in dem Ankunftszentrum, das einer Außenstelle des Bundesamtes für Flüchtlinge und Migration zugeordnet war, registrieren. Sie ließen sich geduldig, aber innerlich kopfschüttelnd, in eine bestimmte Erstaufnahmeeinrichtung entsprechend der für die Bundesländer ausgerechneten Aufnahmequote und ihres Herkunftslandes zuweisen. Dabei baten Hayfa und Habib inständig flehend, nach Nordrhein-Westfalen, am liebsten nach Siegen, zu kommen, weil dort ja Habibs Schwester lebte. Und sie ließen sich schweigend, erschöpft, frustriert und ein wenig desillusioniert in der Flüchtlingsunterkunft in Bonn unterbringen.

Hayfas Bauch wuchs und wuchs. Ihr fiel es immer schwerer. Ihre Sorgen steigerten sich. Ging es ihrem Kind gut? Hatte es die Strapazen gut überstanden? Sie war sich nicht ganz sicher. Zudem hatte sie Angst vor den vielen fremden jungen Männern. Die nur so vor Kraft strotzten. Lärmend. Tobend. Wohin nur mit all der Kraft, der Wut und der Zeit. Oder die traumatisierten Menschen, insbesondere Frauen und Kinder. Immerzu weinten oder schrien sie. Tagsüber. Im Traum in der Nacht. Unvorhersehbar. Wütend. Ängstlich. Schwer belastet. Von den Kriegshandlungen. Von

Überfällen, Diebstählen und Vergewaltigungen. Von der endlos langen Flucht. Und dann hatten sie
plötzlich alle so unendlich viel Zeit.
Zum Nachdenken. Zum Grübeln.
Zum Trauern.

Wenn auch das Leben manchmal in
Syrien gemächlich verlief, so gab es
dort immer etwas zu tun. Hier war
nur dieses ewige Harren. Und so
harrten sie der Dinge. Irgendwann
musste ihre lange und aufreibende
Reise doch einmal zu Ende gehen.

31

Bonn am Rhein (Deutschland)

Habib haderte. Habib grummelte. Habib verzweifelte. Bonn am Rhein. Warum nur Bonn am Rhein und nicht Siegen? Jetzt waren sie doch nach gut fünftausend Kilometern so weit gekommen und schafften nicht mehr dieses letzte kleine Stück bis zu seiner Schwester. Hatten sie ihn beim Amt nicht richtig verstanden? Gab es Übersetzungsfehler? Wollten die Deutschen seinen Wünschen nicht nachkommen? Er verstand es einfach nicht. Und so blieben nur die Gedanken. Die immer wiederkehrenden, zweifelnden und

verzweifelten Gedanken. Ein fort-
während der Strudel der Überlegungen, was er hätte tun können oder
was er tun müsste.

Hayfa litt unter der Situation. Wieder und wieder die Untersuchun-
gen beim Gesundheitsdienst. Sie
verstand die Ärzte nicht. Ihre Gesichter schienen besorgt, aber sie
sagten ihr nichts. Ging es ihrem
Baby gut? Würde es gesund geboren
werden? Hatte die Flucht mit all ihren widrigen Umständen dem Kind
im Mutterleib geschadet? Sie erinnerte sich an die zahlreichen ner-
venaufreibenden Situationen. Waten durch einen eiskalten Fluss.
Klettern über steinige Berge. Ultra-
lange Fußmärsche. Viel zu wenig

Schlaf. Sie hoffte und bangte um das ungeborene Leben.

Und ihr Mann war keine Hilfe. Er war mürrisch. Er grübelte. Er schwieg. Diese andauernde Nachdenklichkeit machte sie depressiv. Zudem wurde er darüber lethargisch, antriebsarm und lustlos. Habib ließ sich nicht aufheitern. Sie quälten sich durch die Tage. Sollte so ihr Leben aussehen? Waren Sie dafür geflüchtet? Und dazu seit Tagen kein Lebenszeichen aus Aleppo. „Ach, Aleppo, unsere Heimat," schluchzte Hayfa leise.

Eigentlich schien es in dieser Stadt schön zu sein. Die ehemalige deutsche Hauptstadt. An dem großen Strom gelegen. Mit ganz viel Grün in der Stadt und den kleinen Bergen drumherum. Aber wegen der Residenzpflicht, des noch nicht anerkannten Asyls und der dadurch fehlenden Arbeitserlaubnis durften sie sich nicht so frei bewegen, wie sie es dachten. Und wegen der belastenden Schwangerschaft trauten sie sich auch nicht.

Und so blieben nur diese öden Tage des Wartens, des Harrens und des Entgegensehens der Entscheidung der Behörden.

Aber es blieben auch die Tage des sich Freuens auf die Geburt ihres Kindes. Aller Unsicherheit zum Trotz.

Und weil es so war, dass Hayfa, Habib und Djamal die Lage nicht ändern konnten, versuchten sie, ihre Familien nicht zu beunruhigen. In den Telefonaten oder bei den kurzen Besuchen Hanifas suchten sie nach dem Mut und der Zuversicht für die gemeinsame Zukunft, in der sie sich hoffentlich alle wiedersehen würden. Und Bonn am Rhein sollte dabei noch eine Rolle spielen.

32

Julia

Habib und Hayfa betrachteten in den Stunden, Tagen und Wochen des Wartens die Welt und ihre Probleme sowie ihre eigene Situation ernsthaft und realistisch, aber gleichzeitig sehr besorgt und mitunter sogar ängstlich. Fast schien es so, als sei ihr Lebensmut und ihr Lebenswille irgendwo auf dem beschwerlichen Weg von Aleppo nach Bonn abhandengekommen.

Wie würde es zukünftig für sie werden? Sie hörten viel über eine „Jeder-für-sich"-Mentalität und einen fehlenden Zusammenhalt in der Gesellschaft. Nicht wenige fürchteten sich vor einem Krieg in und um Europa. Aber sie vernahmen auch die Bereitschaft, sich für andere einzusetzen und die bedeutsame Aufgabe, Migration und Asyl fürsorglich zu bewältigen. Doch wo gab es die verlässlichen

Nachrichten. In den klassischen Medien? Die konnten sie noch nicht lesen und verstehen. In den sozialen Medien? Waren diese verlässlich? Es war, als lebten sie in einem Riss in der Zeit. Es schien, dass das Jugendwort des Jahres „LOST", wie verloren, auch auf sie zutraf. Waren sie eine verlorene Generation?

Es war einer dieser Tage im Januar 2016, da erhielten sie die Antwort auf ihre Frage. Nein, sie waren es nicht. Und sie hatten auch die notwendige Vorsehung auf ihrer Seite.

Hayfa hatte nicht gut geschlafen. Ihr Kind trat rastlos in ihrem Bauch. Höllische Schmerzen breiteten sich wellenförmig in ihrem zierlichen Körper aus. Laut stöhnte sie.

Habib sollte doch schlummern, da er wieder die halbe Nacht wachgelegen und sich im Bett umhergewälzt hatte. Zudem blieb es in den dunklen Stunden wieder einmal furchterregend lärmend in der Gemeinschaftsunterkunft. Streitereien, Schlägereien - und ein Einsatz der Polizei. Erst spät in den frühen Morgenstunden kehrte ein wenig Ruhe ein. Zu spät, um zu schlafen.

Habib schlummerte noch ein wenig und wachte gleichwohl auf. Verschlafen blickte er aus verquollenen Augen nach seiner jammernden Frau. „Was ist, Hayfa? Ist etwas mit unserem Baby?" wollte er besorgt wissen.

„Ich weiß es nicht," antwortete sie unter sichtbaren Schmerzen, „erst trampelte sie in meinem Bauch, wie ein Elefant. Doch seit ein paar Stunden liegt sie wie ein Stein in meinem Bauch. Ich habe große Angst. Vielleicht war doch alles zu viel für sie."

„Für ihn, meinst du," wollte er noch schmunzelnd einwenden, doch das verzerrte Gesicht seiner Frau ließ den Scherz verstummen.

Hayfa wälzte sich aus dem Bett. Sie hielt ihren gewölbten Bauch eng umschlungen. Vorsichtig ging sie in Richtung Bad.

„Wo läufst du hin? Sei vorsichtig. Der Himmel ist in dir!" rief Habib ihr besorgt nach.

Sie lächelte. Sie lächelte innig über seinen poetischen Hinweis, einem arabischen Dichter würdig. Dann kehrten die Tritte und die Schmerzen zurück. Es fühlte sich nicht richtig an. Endete ihre Reise jetzt hier an dieser Stelle. Das sollte nicht sein. Das durfte nicht sein. Sprach sie trotzig zu sich.

„Habib, hole einen Arzt, ich fürchte um unser Kind."

Eiligen Schrittes rannte Habib zur Pforte der Gemeinschaftsunterkunft. „Wir benötigen den Arzt. Doktor. Doktor. Schnell. Unser Kind."

Der Wachmann verstand nicht sofort. Er blickte begriffsstutzig drein. Was wollte der junge Mann da von ihm? Seine wenigen gebrochenen Worte vermochte er nicht zuzuordnen. Ja, Doktor hatte er offensichtlich auch gerufen. Aber er sah nicht krank aus. Sie schauspielerten gerne, diese Flüchtlinge. Nur, um aus diesem Ödnis der Unterkunft und dem traurigen Warterhythmus herauszukommen. Was sollte er schon tun? Was musste er denn tun?

Habib verzweifelte. Der Mann verstand ihn nicht. Oder er wollte ihn nicht verstehen. Was für ein Wahnsinn. Wie konnte er ihm begreiflich machen, dass sein Kind in Gefahr war. Und zugleich seine Frau. Er schrie den Wachmann an: „Doktor. Hilf uns. Holt einen Doktor."

Dieser sah ihn verwundert an und tat - erst einmal - nichts.

Bevor Habib den nächsten Schrei tun konnte, hörte er eine beruhigende Stimme. „Was ist hier los? Kann ich helfen?"

„Bitte. Meine Frau braucht einen Arzt. Das Baby. Irgendetwas ist mit dem Kind. Bitte helfen sie uns." Tränen traten in seine wässrigen Augen.

„Ich bin Herr Hamadi. Wo ist deine Frau. Ich helfe euch."

Offensichtlich kannte der Wachmann diesen ominösen Herrn Hamadi, denn er ließ ihn unkontrolliert passieren. Endlich ein Silberstreif am Horizont.

Hayfa lag wieder auf dem Bett und krümmte sich vor Schmerzen. Sie atmete schwer. Schweiß stand auf ihrer Stirn. Irritiert schaute sie auf den zweiten Mann, der mit Habib gekommen war. „Was will der Fremde hier?" schnaufte sie schwer.

„Das ist Herr Hamadi," antwortete Habib, „er will uns helfen."

Kaum hatte er das gequälte Gesicht der jungen Frau gesehen, nahm Herr Hamadi sein Mobiltelefon in die Hand und verständigte den Notarzt. Das hier erschien viel zu heikel für den Mediziner vom Ge- sundheitsamt. Bevor sich Komplika- tionen einstellten, sollten sich das die Fachleute in einer Klinik anse- hen. So viel war sicher. Eine gewiss problematische Schwangerschaft auf der Flucht und daraus folgend eine entsprechend schwierige Geburt lag offen auf der Hand. Schnelles Handeln war angesagt.

Staunend stand Habib neben ihr, hielt tröstend und unterstützend ihre Hand. Leicht zitternd. Ein wenig bebend. Aufgeregt und aufgewühlt. Würde alles gut gehen. Mit Hayfa? Mit ihrem Kind?

Bald nach dem Anruf erschien der Rettungswagen. Laut tönte das Martinshorn. Ärzte und Helfer sprangen aus dem Fahrzeug. Sie hatten alles Notwendige dabei und rannten zu Hayfa.

Bonn sollte noch eine wichtige Rolle spielen. An dieser Stelle kam

sie zum ersten Mal. In diesem schicksalshaften Januar 2016.

Die Balkanroute war geschlossen. Die Grenzen waren zu. Aber sie waren in Sicherheit.

Das Bundesamt für Migration und Flüchtlinge hatte endlich über ihre Anträge befunden. Sie durften erst einmal geduldet für drei Jahre bleiben. Sie waren in Sicherheit.

Julia wurde geboren. Am 30. Januar. Was für ein Glückstag.

Aller guten Dinge sind Drei.

Hayfa, Habib und Julia.

Jetzt stellte es sich als Glücksfall heraus, dass sie in der Stadt am Rhein waren. Mit vielen leistungsfähigen Krankenhäusern. Mit gut

ausgebildeten Ärzten. Mit schnellen, professionellen Rettungsdiensten. Nur so konnte Julia gut und sicher auf die Welt kommen. Nur hier konnten die Mediziner rasch reagieren, weil Julia zu früh geboren wurde und nicht schrie, wie sie sollte. Wie winzig sie war. Wie zerbrechlich. Wie eine Blume in der Wüste.

Habibi atmete tief durch. Die Verzweiflung über den nicht gewünschten Standort wich der Sorge um sein Kind. Sein Hadern über seine mutmaßlich nicht ausreichenden Aktivitäten wich der Freude über die medizinische Hilfe. Jetzt galt es, nach vorne zu

schauen. Vielleicht war Bonn am
Rhein doch nicht so schlecht.

33

Aleppo (Syrien)

„Baba," so begann Habib respekt-
voll das Telefonat mit seinem Vater.
Dabei unterdrückte er mit einem
Lächeln die erfreuliche Nachricht
und mit einem gewissen Stolz die
Neuigkeiten über die eigene Situa-
tion. „Baba, wie geht es dir? Wie
geht es Mama? Wie geht es Onkel
Raschid? Was macht die Familie?
Wie geht es in der Heimat weiter?
Wir haben schon so lange nicht
mehr miteinander gesprochen. Es

ist so schwierig hier. Und so zäh. Langsam weiß ich nicht mehr weiter. Ich bin kein guter Ehemann. Immer diese unnütze Warterei. Ohne Arbeit. Ohne Sinn. Also, Baba, wie geht es euch?"

So lenkte er zunächst einmal höflich und wie es sich für einen Sohn gebührte, die Aufmerksamkeit auf die Rolle der Familie und des Familienoberhauptes. Damit gewann er zudem Zeit, die richtigen Worte für die Neuigkeiten zu finden, über die er berichten wollte. Und über die er berichten musste.

Sein Vater war, wie er ihn kannte, von unbändiger Zuversicht selbst in furchterregender Situation. Während seine Mutter im Hintergrund

mehrfach versuchte, in das Gespräch einzugreifen, um zu erfahren, wie es ihren Söhnen und ihrer Schwiegertochter sowie dem Baby erging, holte Baschar erst einmal weit aus und erzählte von den Geschehnissen in Aleppo. Noch war es nicht nur ihre Heimat, sondern auch die ihrer Söhne und die ihrer Schwiegertochter. Da wollte alles wohl temperiert berichtet werden.

„Es geht uns den Umständen entsprechend gut. Unser Geschäft ist noch immer intakt und wir verkaufen, wenn auch nicht so gut und so viel und so unterschiedliche Ware, so doch ausreichend in grotesker Lage. Die Häuser stürzen unter den Bomben. Manchmal brechen sie total zusammen. Manchmal bleibt nur die Fassade stehen und du kannst in die Wohnungen hineinsehen, wo die Nachbarn versuchen, ihr mühseliges Leben würdig zu gestalten. Manchmal fehlt das Dach. Aber unser Laden blieb bisher verschont. Inschallah."

Habib sah ihn, wie er für einen Augenblick der Ruhe innehielt und sich dem Allmächtigen zuwandte. Sogar seine Mutter verstummte im Hintergrund.

„Das alles," so setzte er seinen Redeschwall fort, „das alles gibt den Nachbarn ein wenig Normalität in turbulenten Tagen. Wir wollen zufrieden sein. Denn wir sind wohlauf an Leib und Seele. Aber der

Bürgerkrieg mit massiven Bombardements, tausenden von Flüchtlingen, die Dringlichkeit, den Bedürftigen, Verwundeten und Kranken zu helfen, stellen alle vor große Herausforderungen. Die zur Verfügung stehenden Mittel reichen selten aus, um dieser akuten Not zu begegnen. Eine medizinische Versorgung findet kaum mehr statt. Doktor Zayed ist verschwunden."

Für einen winzigen Gedanken eines Augenblicks, den Hauch einer gemeinsamen Überlegung, den Wimpernschlag der familiären Nähe schwiegen alle. Inniglich verbunden. Wie der Teppich in der Moschee. Familienbande. Auch über tausende von Kilometern.

Dann sprach Baschar, wie ihn alle kannten und mochten, „angesichts der schwierigen Lage in Syrien gibt es dennoch kleinere Lichtblicke. Die schulische Ausbildung der Kinder konnte teilweise aufrechterhalten werden. Die Lehrer schafften es, den Lehrplan zumindest für die Abschlussklassen einzuhalten. Sofern die Schüler nicht zur Schule kommen konnten, weil die Kämpfe andauerten oder die Gebäude zerstört waren oder die Schulen als Unterkünfte genutzt werden mussten, gab es Hausaufgabenpakete, die in einem bestimmten Zeitraum zu erledigen waren und anschließend von den Lehrern korrigiert wurden. Persönliche Kontakte zwischen

Lehrern, Eltern und Schülern stärkten alle Beteiligten physisch wie psychisch. Das ist beinahe ein Wunder."

Nun obsiegte endgültig die Ungeduld der Mutter. Dringend wollte sie erfahren, wie es in dem fernen Land, auch wenn sie Deutschland von Hanifa kannte, weitergegangen war.

„Wie geht es euch, Habibi? Erzähle doch endlich einmal von euch. Genug von Krieg, Zerstörung, Mord und Tatschlag. Was weißt du zu berichten, dass mein Mutterherz erfreut?"

Jetzt baute sie schon einen gewaltigen Druck auf. Verständlich. Mütter sorgen sich um ihre Lieben. Immer.

Egal, wo sie sind. Und egal, wie alt sie sind. Mütter bleiben immer Mütter. Fürsorglich, stark, zugewandt, streng, liebevoll - mütterlich.

„Ummi," setzte Habib an, „ich möchte euch heute ein paar freudige Neuigkeiten überbringen, aber ebenso eine sorgenvolle Nachricht."

„Mach es nicht so spannend," warf Leyla ein.

Habib holte ganz tief Luft.

„Baba, Ummi, es gibt großen Anlass zur Freude. Julia ist geboren. Am 30. Januar kam unsere kleine Tochter in einer Klinik in Bonn am Rhein zur Welt."

Jubelschreie, Gratulationen, Stolz, Freude - unbeschreiblich froh und glücklich waren Habibs Eltern. Die seit Kurzem Großeltern waren. Welch großartige Neuigkeiten in trüben Zeiten. Zudem in der Sicherheit eines friedlichen und wohlhabenden Landes zur Welt gekommen.

„Außerdem haben wir einen Bescheid der Behörden erhalten, dass wir für die nächsten drei Jahre hier bleiben dürfen (geduldet sind)."

Die Steine, die von den Herzen der beladenen Eltern fielen, konnte man nicht nur durch das Telefon von Aleppo nach Bonn, von Syrien nach Deutschland, hören. Nein, man konnte die Erleichterung spüren, erleben, fühlen. Tränen liefen über Leylas Gesicht und auch Baschar schluckte ein wenig. Endlich einmal gute Informationen.

„Du erwähntest auch Schwierigkeiten?" fragte Baschar zögerlich und einfühlsam.

„Ja, Baba," hob Habib zaghaft an.

Für einen dramatisch traumatischen Moment herrschte bedrückende Stille, ja Angst.

Dann fand Habib den Mut, seinen Eltern über die Herausforderungen zu berichten. „Wie ihr ja wisst, wollten wir eigentlich in der Nähe von Hanifa in Siegen untergebracht werden. Ich war total traurig, enttäuscht und auch wütend, dass dies nicht gelungen war. Ich zweifelte an mir, ob ich genug getan hatte. Es gab Wut auf die Behörden, die vielleicht nicht richtig zugehört hatten. Wir waren niedergeschlagen nach der langen Flucht. Bonn statt Siegen. Heute muss ich sagen, es hat Julia wahrscheinlich das Leben gerettet."

„Wie meinst du das?" wollte sein Vater wissen.

„Julia ist viel zu früh geboren. Sie ist noch so winzig, zerbrechlich und klein. Die Ärzte berichten, dass sie in Syrien und auf der Flucht nicht überlebt hätte. Aber, sie ist noch nicht in Sicherheit."

„Was ist geschehen?" schrie Leyla förmlich in das Telefon.

„Mama," sagte Habib zärtlich zu seiner Mutter, „Julia ist schwer herzkrank. Sie muss wahrscheinlich bald, wenn sie etwas bei Kräften ist, mindestens einmal operiert werden. Ein gefährlicher, ein lebensgefährlicher Eingriff in ihren schwachen und erschöpften Körper. Aber hier gibt es sehr gute Kliniken und hervorragende Ärzte, Spezialisten, die sich wunderbar um sie kümmern."

Vor Anstrengung und Anspannung schöpfte Habib Kraft und Luft, bevor er seinen Eltern davon berichtete, dass es Hayfa gut ging. Sie hatte die Geburt gut überstanden. Gleichwohl machte sie sich Vorwürfe, ob sie unterwegs vorsichtiger hätte sein sollen. Auch Djamal ging es gut, auch wenn die Situation in den Gemeinschaftsunterkünften beschwerlich und aufreibend war.

„Was wird geschehen?" fragte der besorgte Vater.

„Bald wird Julia operiert. Dann wissen wir, wie ihre Chancen sind. Außerdem bemühen wir uns, eine eigene Wohnung zu finden, damit wir als Familie ungestört zusammenleben können. Es ist schwer, aber hier soll es von der Kirche einen „Runden Tisch Flüchtlingshilfe" geben, die sich gerade für Familien einsetzen."

Wieder hieß es für alle warten. Warten auf die Operation. Hoffen auf deren Gelingen aufgrund der ärztlichen Kunst. Warten auf ein Signal für eine Wohnung. Hoffen auf eine gemeinsame Zukunft. Und natürlich Warten und Hoffen auf ein Ende des Krieges.

34

„Die heilige Barbara"

Barbara Nelken war rastlos. Obwohl sie eigentlich ihren Ruhestand genießen und tun und lassen könnte, was ihr in den Sinn kam, wollte sie nicht tatenlos zusehen, wie es den Flüchtlingen in Deutschland ging. Sie wollte sich nicht entspannt zurücklehnen, wie es manche ihrer Freundinnen riet. „Du

hast genug geschafft in Deinem Leben."

Nein, das war nicht ihre Welt. Zurücklehnen und zusehen. Die überfüllten Gemeinschaftsunterkünfte.
Die vollen Turnhallen. Die leerste-
henden Turnhallen. Die fehlenden
Wohnungen für die Geflüchteten
und die Menschen hier in der Stadt.
Die zunehmende Perspektivlosig-
keit. Das schier endlose Warten auf
die Bescheide, auf die Duldung,
auf die Anerkennung des Asyls. Das
unerträgliche Hoffen auf eine sinnvolle Beschäftigung. Das furchtbare
Harren auf eine drohende oder ge-
richtlich beschlossene Abschiebung.
Die Trennung von Familien.

Hier entstand eine explosive Mischung aus Wut, Frustration, Depression, Angst, Aggressivität neben der gleichsam bestehenden oder keimenden Zuversicht auf eine friedliche, freie und gute Zukunft.

Nein, hier wollte sie nicht zusehen und sich auf Reisen oder zum Shopping begeben. Hier wollte sie tatkräftig mithelfen. Dies war ihr zutiefst innewohnender Glaube an die christliche Nächstenliebe. Und es war ihre unbändige Kraft, das Gute in allen Menschen zu suchen, zu finden und zu fördern. Die Unterstützung der Geflüchteten gemeinsam mit den Bewohnern des Stadtviertels und der Kirchengemeinde lag ihr außerordentlich am

Herzen. Dies war eine der Kernaufgaben von Kirche. Caritas in der Praxis.

Die heilige Barbara, wie sie ihre Freundinnen nannten. Na, und? Barbara von Nikomedien ist eine populäre christliche Heilige. Der Überlieferung zufolge war sie eine christliche Jungfrau, Märtyrerin des 3. Jahrhunderts. Sie wurde demnach von ihrem Vater Dioscuros enthauptet, weil sie sich weigerte, ihren christlichen Glauben aufzugeben. Diese Geschehnisse werden von der Überlieferung überwiegend im kleinasiatischen Nikomedia lokalisiert. Die heilige Barbara zählt zu den vierzehn Nothelfern und ihr Verhalten im

Angesicht von Verfolgung und Tod gilt als Symbol der Wehr- und Standhaftigkeit im Glauben.

Barbara, vom griechischen abgeleitet - die Fremde. Eintreten für seine Ansichten im Angesicht von Verfolgung. Es gab viele Gründe, sich mit diesem Namen zu verpflichten. Und so engagierte sie sich am „Runden Tisch Flüchtlingshilfe", um den Menschen, die vor Krieg und Verfolgung aus Syrien, dem Irak und Afghanistan geflohen waren, bei den bürokratischen Hürden zu helfen, bei der Suche nach Ausbildung und Beschäftigung zu unterstützen und bei der äußerst schwierigen Suche nach einer Wohnung beizustehen. Ja, der

Wohnungsmarkt nicht nur in Bonn war teuer und von wenig bezahlbarem Wohnraum gesegnet. Zudem gab es Vorbehalte und Vorurteile, Häuser oder Wohnungen an Flüchtlinge zu vermieten.

„Würden Sie wirklich an mich vermieten?" Solche und ähnliche Fragen, die eine tiefgründige Unsicherheit ausstrahlten und Beleg für problematische Situationen zwischen potenziellen Mietern und Vermietern Ausdruck verliehen. Und was war dann wohl alles unausgesprochen?

Barbara Nelken glaubte aber am Ende an das Gute im Menschen und an die göttliche Fügung, Schwierigkeiten zu überwinden und

Lösungen zu finden, sofern man sich nur inständig bemühte. Ihr Gottvertrauen war immens.

Natürlich gab es Rückschläge. Wohnungen waren gefunden, Mieter und Vermieter einig. Und dann fehlte der positive Bescheid für einen der beiden Eheleute. Die Kommune würde die Kosten nicht übernehmen. Die Kirche nur einen Teil davon. Auch die gewiss reiche katholische Kirche verfügte nicht über endlose Mittel. So platzten bisweilen gefundene Lösungen kurzfristig, obwohl sich alle Beteiligten schon gut verstanden.

„Ich lasse mich nicht entmutigen," sagte sie zu sich selbst und setzte sich immer wieder aufs Neue ein. Bewundernswert.

Und so kam es, dass sie auch für Habib und Hayfa im Frühjahr 2016 eine Wohnung anbieten konnte. Zwar nur eine kleine Wohnung mit zwei Zimmern. Dafür aber mit einer eingebauten Küche drin, einer Terrasse und einem kleinen Garten. Siebenundsechzig Quadratmeter groß. Na, ja, und vielleicht könnte man ja auf der Terrasse anbauen und ein neues Zimmer schaffen, wenn es denn zu klein wäre.

Optimistisch bahnte Barbara Nelken das Kennenlerngespräch zwischen Hayfa und Habib sowie den wahrscheinlichen Vermietern an. Natürlich war eine Dolmetscherin dabei. Schließlich sprachen die beiden Syrer kein Deutsch und die beiden Deutschen kein syrisch/kurdisch.

Doch gegenseitiges Verständnis braucht nicht zwingend die Worte einer gemeinsamen Sprache. Manchmal genügen übersetzte Worte. Manchmal genügen schon Blicke. Manchmal genügt ein einziger Handschlag. Manchmal genügt ein Lächeln; zugewandt und freundlich. Wohlwollend und fürsorglich.

Nach dem Kennenlernen war für alle Beteiligten klar, hier gibt es für Hayfa, Habib und Julia eine neue Zukunft in einer eigenen Wohnung. Barbara Nelken fiel ein Stein vom

Herzen. Das Engagement war nicht vergebens. Auch wenn etliche Bemühungen ergebnislos verliefen. Hier und da löste sich der gordische Knoten in Wohlgefallen auf. Sicher, es stand noch etwas Bürokratie im Raum, doch die sollte sich doch lösen lassen.

Bürokratie? Habib verstand kein Wort. Sie saßen in einem Café und brüteten über diesen endlosen, klein bedruckten Seiten Papier. Was bedeutete dies alles? Wofür brauchten die Deutschen so viele Unterlagen? Immer und immer wieder begegnete ihm dieser Verwaltungskram. Bei der Einreise. Bei den Asylanträgen. Bei den Ärzten. In den Krankenhäusern. Papiere über

Papiere. Ging denn das nicht einfacher? Zu Hause besiegelten sie einen Vertrag mit einem Handschlag. Fertig. Vertrauen gegen Vertrauen.

Wieder übersetzte Awaz aus dem deutschen ins syrische. Sechzehn Seiten Mietvertrag. Was dort nicht alles stehen sollte? Wie groß die Wohnung war. Wie viele Zimmer. Wie viele Schlüssel. Wie viele Besuchstage. Besuchstage? Hier hakte er ein.

„Dürfen unsere Vermieter jetzt jeden Tag kommen?" wollte er wissen. Die fehlende Privatsphäre und die ungenügenden Rückzugsbereiche in der Gemeinschaftsunterkunft waren ja schon nervend. Und jetzt sollten die Vermieter auch noch kommen dürfen. Wer sollte das verstehen?

„Nein," übersetzte Awaz, „dies ist nur für bestimmte seltene Fälle vorgesehen. Wenn etwas kaputt ist. Wenn es etwas zu besprechen gibt. Oder wenn ihr ausziehen wollt. Nicht immer, nicht ständig."

Habib nickte, dass er verstanden hatte.

Und dann ging es weiter. Seite um Seite. Wie viel es kostet. Was in der Hausordnung steht. Wo der Keller ist. Wie sie den kleinen Garten nutzen dürfen. Und so weiter und so weiter. Sechzehn lange Seiten. Alle übersetzt von Awaz. Geduldig, freundlich und höflich.

Zwischendurch musste er einmal rauchen. Draußen. Die Deutschen waren merkwürdig. Was sie so alles regelten. Rauchen in Gaststätten. Besuche in Mietverträgen. Alles bis ins kleinste Detail. Eine spannende Erfahrung. Egal. Hier waren sie in Sicherheit. Hier könnten sie in Frieden leben. Hier könnte Julia behandelt werden.

Irgendwann endete auch die sechzehnte Seite. Er glaubte, alles verstanden und alles gefragt zu haben. Die künftigen Vermieter wirkten sympathisch und vernünftig. Es würde schon werden. Schließlich setzten alle Beteiligten ihre Unterschriften unter die Papiere. In ein paar Wochen würden sie endlich aus der Gemeinschaftsunterkunft in ihre eigene Wohnung ziehen können.

Habib freute sich. Und musste eine Zigarette - draußen - rauchen. Die Vermieter schienen zufrieden. Awaz wirkte glücklich, dass sie hatte helfen können. Und Barbara Nelken? Sie schmunzelte innerlich über die gelungene neue Verbindung. Endlich hatte sie wieder einmal einer Familie helfen können. Ein guter Tag. Er wärmte ihr Herz. Dieser 18. April 2016.

Sie verabredeten sich für in zehn Tagen. Dann sollten Hayfa, Habib und Julia ihre erste eigene Wohnung in Bonn am Rhein übernehmen.

35

Herr Hamadi

Bisweilen hat man Vorstellungen im Kopf. Sie entstehen plötzlich. Sie entstehen unerwartet. Aus einem Wort heraus. Aus einem Gespräch heraus. Aus einer Betonung heraus. Bilder kristallisieren sich aus Begriffen, Worten und Erinnerungen. Manchmal zutreffend. Und manchmal kommt alles anders.

So war es auch bei Herrn Hamadi. Wenn Barbara Nelken von Herrn Hamadi sprach und darüber berichtete, wie er den Flüchtlingen bei den Behördengängen, bei den Formularen, bei den Arztbesuchen, bei den Übersetzungen, bei all dem Alltäglichen half, dann baute sich vor dem geistigen Auge ein Bild, eine Vorstellung auf. Ein älterer, ehrwürdiger Herr. Die Haare leicht ergraut. Ein langer Bart, der würdevoll an die Hadsch nach Mekka erinnerte. Die weite Galabia oder der lange Kaftan den schlanken Körper schmeichelnd. Vielleicht noch eine Brille, um das Bild des älteren, belesenen und weltgewandten Herrn zu vollenden.

Herr Hamadi.

Er war avisiert für den Tag der Wohnungsübergabe, um vielleicht bei der Übersetzung zu helfen oder bei einem letzten Schriftwechsel zu unterstützen. Einfach als gute Seele da zu sein und für alle Beteiligten wertvoll.

Die Sonne kündete von einem frühsommerlichen Tag Ende April und langsam trafen nacheinander Barbara Nelken, Hayfa mit der winzigen Julia in einem Tragekörbchen und Habib ein. Alle Fenster waren geöffnet, damit die frische Farbe aus der Wohnung verdunsten konnte. Und so kam es, dass die drei Neulinge ihre Wohnung durch das vordere Terrassenfenster über den Parkplatz betraten.

Freundlich zugewandt begrüßten alle einander. Und warteten auf Herrn Hamadi. Schließlich musste irgendwie das Übergabeprotokoll, auch so ein deutsches Wort und eine deutsche, bürokratische Sache, gemacht werden. Und weil die Vermieter noch immer kein syrisch gelernt hatten, brauchte man wohl oder übel einen Dolmetscher. Also warteten alle auf Herrn Hamadi.

Und dann erschien er. Röhrend bretterte ein Mercedes mit lauter Musik auf den Parkplatz vor dem Haus. Eine heftige Bremsung, ein letztes Korrigieren der Parkposition und schon stieg er aus. Herr Hamadi. Der „ältere Herr" erwies sich als kräftiger junger Mann mit Glatzkopf und in Jeans. Zupackend. Freundlich. Zugewandt. Mit breitem Lachen begrüßte er alle

Anwesenden. Herr Hamadi, die Bilder im Kopf zerplatzten.

Schließlich ging alles ganz rasch und unaufgeregt. Alle Fragen waren im langen Mietvertragsübersetzungsgespräch geklärt worden. Hier galt es allein das Übergabeprotokoll zu zeichnen. Herr Hamadi deutete Habib, wo er beruhigt unterschreiben konnte, weil alles in Ordnung war. Dann folgte eine letzte arabische Debatte über das Rauchverbot in der Wohnung.

„Ich rauche nicht," versicherte Habib, aber alle wussten es besser. Auch die Vermieterin. Dem Wortschwall in ungewohnter Lautstärke und Deutlichkeit, den man nur dem Sinn nach als Deutscher verstand, folgte die glaubwürdige Erklärung, „ich rauche nur draußen, schon allein wegen Julia."

Tja, und dann war es geschafft. Sie waren in einem neuen Heim. Ein Ende der aufreibenden, aufregenden und ereignisreichen Reise. Hayfa, Habib und Julia zogen in ihre eigene Wohnung. Endlich raus aus der Gemeinschaftsunterkunft. Endlich die eigenen vier Wände. Aber: Fern der syrischen Heimat.

War Habibis Reise nun vorüber?

Egal. In jedem Fall gab es viel zu berichten. Es waren wieder einige Telefonate zu führen. Nach Siegen. Nach Aleppo. Nach Istanbul. Glücklich umarmten sich Hayfa und Habib.

Und Herr Hamadi? Herr Hamadi eilte flugs zum nächsten Treffen. Sein röhrender Mercedes rauschte in die endlosen Straßen der Stadt am Rhein und verschluckten Motorenlärm und Musik. Im Trubel des Verkehrs entschwand er. Shukran, Herr Hamadi.

36

Aleppo (Syrien)

Endlich erfreuliche Nachrichten. So dachte Habib bei seinem Anruf nach Aleppo. Sie waren Anfang Mai aus der Gemeinschaftsunterkunft in die eigene Wohnung gezogen. Alle hatten tatkräftig geholfen und so verlief alles reibungslos. Viel hatten sie ja nicht zu transportieren. Und, was noch wichtiger war, Julia ging es langsam besser. Sie wirkte zwar immer noch sehr schwach und klein. Noch stand die Möglichkeit oder Notwendigkeit einer weiteren Operation im Raum. Aber sie lebten jetzt in einer Stadt mit sehr guter medizinischer Versorgung. Und mit Karte von der Techniker.

Endlich positive Neuigkeiten.

„Baba," begann Habib beinahe euphorisch, „ich freue mich, Euch zu hören. Es gibt viel zu berichten. Aber zuerst - wie geht es Euch? Was machen die Kämpfe? Wird es besser?"

Baschar brummte nur. Das war seltsam.

„Was ist los, Baba?" drängte Habib seinen Vater.

Der knurrte erneut, atmete tief durch und wollte eigentlich nichts sagen.

Hayfa fragte aufgeregt dazwischen. „Ist etwas? Du wirkst so bedrückt, Habibi?"

„Ich weiß es nicht. Baba antwortet nicht. Jetzt höre ich ihn kaum noch. Im Hintergrund redet meine Mutter. In der Tat, ich mache mir Sorgen."

Dann endete das Schweigen aus Aleppo. Mit einem Seufzer aus tiefster

Seele hob Baschar an, seinem Sohn zu antworten.

„Wir, deine Mutter und ich, sind gesund. Auch deinem Onkel geht es gut."

Was folgte, war eine schier endlose Pause. Habib wollte seinen Vater aber nicht bedrängen. Zu gut kannte er ihn. Wenn er beunruhigt war oder schwierige Entscheidungen bevorstanden, war er in sich gekehrt, nachdenklich und häufig schweigsam. In ihn dringen schaffte man dann nicht. Er würde sich nur noch mehr zurückziehen und seine Gedanken für sich behalten. Also schwieg Habib und bedeutete auch seiner Frau, jetzt nicht nachzuhaken.

Obwohl nicht viel Zeit vergangen war, die sich allerdings wie eine halbe Ewigkeit anfühlte, vernahm Habib das Knacken des Telefons, hörte den schweren Atem seines Vaters und das Wehklagen seiner Mutter. Schließlich beendete Baschar sein Schweigen.

„Habib, hör gut zu. Die Lage hier in Aleppo ist kompliziert und gefährlich. Die Regierungstruppen sind dabei, den Belagerungsring rund um Aleppo zu schließen und gut dreihunderttausend Menschen in Geiselhaft zu nehmen. Wir fürchten den Angriff auf die gemäßigten und islamistischen Rebellengruppen, die bislang die Kontrolle innehatten. Binnen fünf Monaten schaffte es die syrische Armee, die Stadt wieder zu kontrollieren. Weite Teile der Stadt sind zerstört und ein großer Teil seiner Bewohner sind geflüchtet."

Habib riss seine Augen verstört auf und traute seinen Ohren nicht. Seine Eltern und sein Onkel waren in größter Gefahr. In Lebensgefahr. Bevor er eine Frage loswerden konnte, setzte sein Vater seinen Bericht fort.

„Es tut uns in der Seele weh, dass wir den Menschen kaum noch helfen können. Nur noch an wenigen Tagen erreichen uns wenige Reste von Waren. Benzin, Strom, Wasser - alles ist eingeschränkt, streng rationiert. Wir haben das Nötigste zum überleben. Es ist nur noch eine Frage von Wochen, vielleicht sogar nur Tagen, dann fällt Aleppo. Wir haben uns daher entschlossen, die Stadt zu verlassen."

„Aber wo wollt ihr denn hin?" rief Habib erschrocken dazwischen.

„Deine Mutter und ich gehen nach Afrin. Dort ist es noch ruhig und wir werden ein Plätzchen für uns finden. Vielleicht bauen wir ein kleines Geschäft auf. Oder wir halten etwas Vieh und bauen Gemüse an, um über die Runden zu kommen. Dein Onkel geht mit seiner Familie nach Jordanien. Wir hoffen alle, dass wir dort sicher ankommen. Ich kann dir gar nicht sagen, wie glücklich wir sind, dass ihr es bis nach Deutschland geschafft habt. Deine Mutter weint Freudentränen, euch in Sicherheit zu wissen. Ach, mein Sohn, es ist trostlos."

Seinen Vater weinen zu hören und ihn nicht tröstend in den Arm nehmen zu können, tat Habib sehr weh. So wendete sich die Sorgenlast von den Eltern auf die Kinder. Was für ein Schicksalsschlag.

Noch lange sprachen sie über die bevorstehende Flucht der Eltern sowie der Angehörigen. Alle versicherten, sich bestmöglich zu schützen, sorgsam zu reisen und größtmögliche Vorsicht walten zu lassen. Sie schlossen sich gegenseitig in die fürsorglichen Gebete mit ein und

hofften und glaubten, dass es nüt-
zen möge.

Dann kam zum wiederholten Male
der Abschied. Wie so viele Male zuvor. An verschiedenen Orten, aus
unterschiedlichen Anlässen, aber
immer wieder berührend und
schmerzlich. Denn zurück blieb
eine jede und ein jeder mit seinen
oder ihren kleinen und großen Sorgen. Die Herzen wurden schwer. Die
Seelen wurden schwermütig. Allein
die Hoffnung auf ein Wiedersehen
in besseren Zeiten tröstete.

„Baba, Ummi,“ beendete Habibi mit
seinen mit Wasser gefüllten Augen,
deren Tränen er nur mühevoll zu
unterdrücken vermochte, und mit
einem Kloß im Hals, der die Stimme

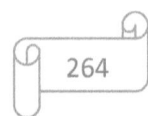

brechen ließ, das Telefonat, „versprecht mir, dass wir uns gesund und munter wiedersehen. Wir lieben euch."

„Ja," entgegnete Baschar mit mutiger, zuversichtlicher und ganz fester Stimme, „inschallah, so Gott es will."

Dann schwiegen alle in ihrer Hoffnung, ihrer Traurigkeit und ihrer Sorge um den jeweils anderen. In Bonn am Rhein. In Siegen. In Istanbul. Und in Aleppo. Der geschundenen und vielfach zerstörten Heimat. Mögen zwar die Häuser fallen. Mögen die Steine brechen. Mögen Flüsse zu Staub versickern. Möge der Mut versiegen. Mögen die Waffen heute sprechen. Niemals dürfe darüber Hoffnungslosigkeit die Hoffnung besiegen.

Dann schrie die kleine Julia hungrig nach der Mutter. Und urplötzlich brach sich ein herzerfrischendes, klingendes Lachen von Eltern, Geschwistern, Onkeln und Tanten sowie Großeltern im Raum Bahn. Ein erleichterndes Zeichen der Zuversicht und des Lebens. Julia riss alle aus der Lethargie und führte vor Augen, wie ein normales Leben aussehen könnte, ja würde.

Hayfa wandte sich lächelnd ihrer Tochter zu, um sie liebevoll zu füttern. Julia freute sich über das Lächeln ihrer Mutter, auch wenn sie noch viel zu klein war, um zu verstehen, was vor sich ging. Allein die

Emotionen und Schwingungen zwischen ihren Eltern und den fernen Großeltern beschwingten ihr krankes Herz.

37

Julia

Doch die Belastungen der Eltern, die nächtlichen, leisen Telefonate und die traurigen Augen oder sorgenvollen Stimmen blieben Julia nicht verborgen. Was geschah hier?

Jede schlaflose Nacht zehrte an der Gesundheit des kleinen Mädchens. Jedes aufgeregte Gespräch zwischen Vater und Sohn über die Flucht, was immer das war, nagte am eh schon schwachen Herzen. Jede Träne ihrer Mutter, jedes aufgewühlte Schluchzen quälte die junge und viel zu kleine Erdenbürgerin.

Und dann kamen auch noch immer wieder diese Besuche bei den Männern in den langen weißen Kitteln dazu. Kahle, endlose Korridore. Unerklärliche Geräusche. Unzählige, unbekannte Menschen. Große Zimmer. Und dann diese weißen Männer. Manche mit Rändern um die Augen. Sie hielten dieses kalte Metallding an ihre Brust. Manchmal musste sie in irgendwelche Apparate. Die waren so eng und furchterregend. Wie eine Kiste. Und häufig blickten alle sie danach so mitleidsvoll an. Dann murmelten sie mit ihren Eltern, die danach wiederum schweigend mit Trauermine dreinblickten.

Was war hier los? Sie verstand das alles nicht. Was hatte das alles mit ihr zu tun? Julia wusste es nicht. Sie fühlte nur diese Narbe an ihrer Brust. Irgendwie gehörte die da nicht hin. Aber sie war da. Real, rau und beängstigend. Irgendetwas stimmte nicht mit ihr. Aber was? Das wusste sie nicht. Dann weinte Julia. Zwar leise, aber ihre Mama spürte es und nahm sie zärtlich in den Arm. Beruhigend. Schon atmete Julia ruhiger, langsamer und fühlte sich gleich besser.

Doch das folgende Gespräch zwischen ihrem Vater und dem Mann mit dem langen weißen Kittel sollte weitreichende Bedeutung für sie haben. Julias Zukunft stand auf dem Spiel. Julias Leben.

Habibis Reise ging weiter. Anders, aber weiter. Er war jetzt selbst ein Baba mit Ängsten um seine Tochter und mit Sorgen um die eigenen Eltern, die Flüchtlinge im eigenen Land waren. Welches der bedrückenden Gefühle stärker zu sein schien, vermochte Habib nicht einzuschätzen.

Das Übelste: Bei keiner der beiden Herausforderungen konnte er aus eigenen Stücken, aus eigenem Antrieb etwas tun. Er fühlte sich so ausgeliefert. Den Krieg führenden Parteien, die sich entschieden, gen

Aleppo, aber nicht nach Afrin zu ziehen. Den Ärzten in der Klinik, die sich um das Herz von Julia kümmerten und wiederholt eindringlich von einer zweiten, dringend notwendigen lebenserhaltenden Operation sprachen.

Wie war doch sein Leben in Aleppo mit seinen Freunden so einfach gewesen. In den Tag hinein leben. Den Tag genießen. Die Pflichten gegenüber der Familie und der Religion getreu erfüllen. Einfach. Leicht. Beschwingt.

Und nun? Da lag die kleine Tochter in den Armen ihrer Mutter. Satt, müde, die Äuglein fielen langsam zu. Ein letztes Lächeln huschte über ihr Gesicht zu ihm hinüber. Das waren die Augenblicke großen Glücks in aufwühlenden Zeiten. Momente voller Wärme, Liebe und Magie. Ein Zauber umfing ihn, ausgesandt von seiner erträumten Liebe Hayfa und seiner geliebten Tochter Julia.

Sie mussten eine weitreichende Entscheidung treffen. Schwer atmete Habib. Hayfa blickte hinüber, sah seine erschöpften Augen, vernahm die Last des Grübelns und des Ringens über die Operation. Ja, sie war doch noch so klein. Sollte ihr Leben nur so kurz währen? Das durfte doch nicht sein. Ihr Augenstern.

Wie hatten die Ärzte berichtet? In Syrien hätte Julia nicht überlebt. Auf der Flucht hätte sie eine Geburt nicht überlebt. Es sei eigentlich ein Wunder, dass sie mit diesem schwerkranken Herzen jeden Tag aufs Neue erfolgreich ums Überleben kämpfe. Doch ohne Eingriff und ärztliche Kunst sowie himmlische Gunst, könnten sie nicht für Julias Leben garantieren.

Unter der fürchterlichen Last, der ungeheuren Ungewissheit und mit schwerem Herzen gaben Hayfa und Habib nach intensivem Ringen den Ärzten ihr Einverständnis für die weitere Operation. Sie setzten ihren Glauben in die medizinische Kunst und das Können der Ärzte. Sie setzten all ihre Hoffnung auf das Durchhaltevermögen und den

Lebenswillen ihrer Tochter. Und sie setzten all ihre Liebe in Julia.

38

Afrin (Syrien)

Im Jahre 2015 schätzte man die Zahl der Einwohner in Afrin auf rund siebenhunderttausend. Ein großer Teil von ihnen waren kurdische Flüchtlinge aus Aleppo. Vor dem Bürgerkrieg. Nun gehörten auch Habibs Eltern dazu. Leyla und Baschar versuchten, einen kleinen Laden zu eröffnen. Allein es fehlte der Bakschisch für die lokalen Behörden. So versuchten sie, neben der bescheidenen Landwirtschaft

Viehzucht in kleinen Stallungen für den Eigenbedarf oder den lokalen Markt zu betreiben. Sie stellten Joghurt und Käse im eigenen Haushalt her, auch um zu überleben.

Aber sie waren gesund. Und sie lebten. Der Krieg war jetzt weit weg. Hier blieb es friedlich. Die Protagonisten in der Auseinandersetzung kümmerten sich nicht um die nördliche Enklave. Sie schien strategisch nicht bedeutsam. So schien es.

Baschar, Leyla und Habib telefonierten nun regelmäßig. Jenseits der Furcht vor Fliegerangriffen, Heckenschützen oder versteckten Minen. Es war ein einfaches Leben in Afrin. Aber es war ein Leben; fern von Tod und Zerstörung.

Julia hatte den Eingriff nicht nur überlebt, sondern entwickelte sich langsam, aber gut weiter. Die Narbe belastete das Mädchen, weil da etwas war, was dort nicht hinzugehören schien und sie von den anderen Kindern unterschied. Die hatten so was nicht. Sie war anders. Allerdings verstand sie es nicht und das machte sie traurig. Oftmals weinte Julia in den Armen ihrer Mutter. Aber noch mehr schmerzte die Narbe ihre Eltern, die bangen Blickes darauf und auf ihr zögerliches Wachstum schauten.

Dennoch waren es grundsätzlich gute Nachrichten. Immer seltenere Arztbesuche. Langsam stellte sich Normalität ein. Sie richteten die kleine Wohnung gemütlich ein. All dies erzählten sie den erfreuten Eltern in Afrin. Allem Anschein nach neigte sich Habibs Reise dem Ende entgegen.

38

Afrin (Syrien)

Der Mensch denkt, Gott lenkt. So heißt es. Und so ist es. Schien sich die Reise nach der Flucht und den Aufregungen um Julia mit der eigenen Wohnung, den gelungenen Eingriffen und den Eltern fern des Krieges in Aleppo zu einem guten Ende zu neigen, änderte sich unvermittelt die Nachrichtenlage.

Unter der Bezeichnung „Operation Olivenzweig" startete die Türkei im Januar 2018 eine Militäroffensive in der Region Afrin. Kurdische Kämpfer, die zuvor in der Umgebung heftigen Widerstand leisteten, zogen sich aus der Stadt und dem Umfeld zurück.

Wieder Krieg. Wieder Panzer, Flugzeuge und Bomben. Wieder Soldaten, die auf die neue Heimat von Leyla und Baschar vorrückten. Wieder diese Angst. Alle verdrängten und teils vergessenen Sorgen traten erneut hervor ins Licht. Vor der Besetzung der Stadt durch türkische Truppen floh die Masse der überwiegend kurdischen Bevölkerung. Auch Habibs Eltern. Heimwärts.

Zurück nach Aleppo. Nach dem Sieg der syrischen Armee kehrte laut Vereinter Nationen ein nicht unbeachtlicher Teil dorthin zurück.

Begann jetzt alles von vorne? Krieg und Ängste. Flucht und Hoffnung. Oder änderten sich die Zeiten? Niemand vermochte es zu wissen. Aber träumen. Träumen von Frieden, Leben und Freiheit durfte man schon. Und das taten Baschar, Leyla und Rashid. Zumindest ein bisschen.

Die vergangenen Jahre werden wohl nicht nur bei Hayfa und Habib, sondern auch bei ihren Familien und Anverwandten in Erinnerung bleiben. Denn plötzlich war alles anders.

Die Zeit stand still. Ja, die Zeit, sie schien stehenzubleiben. Oder sich höchstens langsam, zähfließend und geradezu widerstrebend voran zu quälen. Mühselig bewegten sich die Zeiger der Uhren. Als wollte die Zukunft fernbleiben. Verborgen hinter dem Staub zerfallener Häuser. Versteckt unter den Trümmern eingestürzter Denkmäler. Unsichtbar. Unnahbar.

Doch der Schein trog. Sie lief weiter. Immer weiter. Auch wenn sie nicht spürbar war. Aber jetzt läuft sie gefühlt wieder voran. Und nun bietet sich die Chance, wieder mehr Aufmerksamkeit auf die wirklich wichtigen Dinge zu richten. Und zu träumen.

Denn erlaubt blieben Träume gleichwohl. Niemand kann sie verbieten. Niemand kann sie erraten. Träume bleiben die Hoffnung der Seele und des Herzens. Sie sind das Bild von einer, vielleicht fernen, aber möglichen Zukunft.

Und so träumten sie.

Baschar und Leyla: Von ihrem florierenden Laden. Von ihrem gesunden Enkelkind.

Rashid: Von der Heimkehr aus Jordanien.

Djamal: Von einer eigenen Wohnung und der Zusammenführung mit seiner Familie, die noch in der Türkei weilte.

Hayfa: Von einer quicklebendigen Tochter.

Julia: Vom Spielen, ohne außer Atem zu geraten und einem kleinen Elefanten. Von einem kleinen Bruder.

Träume von besseren kommenden Zeiten.

Was ersann Habib?

Er, der größte Träumer von allen. Sein Kopf war leer. Seine Reise schien vorüber. Ihm fehlte die Arbeit als Schneider. Ihn strengten die Deutschstunden an. Er sorgte sich um die Eltern. Er bangte um Julia. Er fühlte sich erdrückt von der Verantwortung um seine Familie. Er vermochte nicht zu träumen.

Ausgerechnet Habibi, der Träumer.

39

Rashid

So gingen die Tage ins Land. Manche eintönig. Ausschlafen. Aufstehen und Schule. Arbeiten im Döner Grill 1984. Heimkehr mit dem Fahrrad. Arztbesuche mit Julia. Telefonate mit Hanifa. Besuche seiner Schwester. Anrufe zu seinen Eltern oder von ihnen. Treffen mit seinem Bruder. Spaziergänge am Rhein. Seltene Gespräche mit den Vermietern. Und wieder von vorne.

Gelegentlich verliefen die Tage aufregend. Wenn Julia zum Arzt musste. Sie hatte so furchtbare Angst vor den Männern in den wei-ßen Kitteln. Und projizierte dies auch auf den Vermieter. Alle Män-ner schienen Ärzte zu sein. Dann weinte sie bitterlich. Nur mühevoll konnte er sie beruhigen. Eigentlich vermochte es nur Hayfa.

Aufwühlend blieben die Gespräche mit dem Amt wegen der weiteren Duldung und der nötigen Ein-künfte. Spannend empfand Habib die Bürokratie: So viel Papier. Un-verständliche Fragebögen der Krankenkasse. Obwohl, die Kran-kenkassenkarte war praktisch. Ju-lia krank. Karte vorzeigen. Be-handlung. Julia - beinahe gesund.

In Syrien konnte er nur zum Doktor gehen, wenn er Geld hatte.

Aber meistens verliefen die Tage eintönig. Ihm fehlte die Arbeit. Etwas Sinnvolles. Etwas erfüllendes. Aber das musste warten. Da war es wieder, dieses Wort: Warten. Eintönig.

Habib brummte vor sich hin. Er verzog sein Gesicht. Es quälte ihn.

„Was hast du?" wollte Hayfa wissen. Knurrend wies er sie zurück. Er wollte jetzt nicht reden. Mit niemandem. Er fühlte sich nutzlos. Hilflos.

Es gab nur selten Lichtblicke. Wenn er seine Schlitzohrigkeit wiederfand. Seit Tagen kam kein warmes

Wasser mehr aus dem Hahn. Julia musste aber warm baden. Wie sollte er nur die Vermieter erreichen? In seiner Not hob Habib alles Geld vom Konto ab, deponierte es daheim und wartete. Irgendwann wird sich der Vermieter schon melden, wenn er kein Geld bekam. Bargeld für warmes Wasser. Und so geschah es. So ganz hilflos war er nicht.

Hayfa schüttelte ihren Kopf, wandte sich vom Herd und kam auf ihn zu.

Zaghaft neigte Habib sich zu ihr. „Sei mir nicht böse. Mir geht so viel durch den Kopf. Ich denke an meine Eltern, an Onkel Rashid, an Julia, an die fehlende Arbeit, die schwere Schule. Ach, könnte es nicht wieder so sein, wie in Aleppo.

Spazierengehen am Quwaig. Und freitags in die Moschee. Mein Herz ist so schwer, wie es Julias krank ist."

Schmollend legte er seinen Kopf an ihre schmale, jedoch starke Schulter. Hayfa lächelte. Das tat so gut.

Doch heute lächelte sie noch irgendwie anders. Da spielte noch etwas um ihre Augen, was er nicht zu deuten vermochte. Ewig könnte er sie betrachten. Ständig anhimmeln. Wohl fühlte er sich an ihrer Seite. Sicher, so sicher. Aber warum lächelte sie so unterschwellig. Freundlich, liebevoll und innig. Ja, das war es. Irgendetwas leuchtete bei Hayfa von innen.

Seine Frau holte kurz Luft. Dann sprach sie ganz vorsichtig. „Habibi, - oh, mein Kosename - Habibi, ich möchte dein Herz nicht belasten und deine Seele nicht beschweren. Du trägst solch eine Last für uns alle. Dafür liebe ich dich. Doch die Nachricht, sie ist große Freude. Und da darf und will ich dich nicht länger warten lassen."

Warten, da war es wieder, dieses Wort.

Bevor Habib etwas sagen konnte, sprach Hayfa weiter. „Habibi, mein Habibi - schon wieder sein Kosename - wir bekommen noch ein Kind. Ich bin schwanger."

Nur für den winzigen Hauch eines unbedeutenden   Augenblicks schienen sich die Sorgenfalten zu vertiefen und das verschmitzte Lächeln zu verschwinden. Gleichwohl nahm es Hayfa aufmerksam wahr und speicherte es ab. Doch dann kam das Strahlen zurück.

„Ein Kind? Ein Bruder für Julia? Großartig. Ich muss Baba anrufen."

„Du musst, wenn wir von müssen reden, deine Frau umarmen."

Und das taten sie.

Danach folgten zahlreiche Telefonate mit noch zahlreicheren Glückwünschen. Ein guter Tag. Ein aufregender Tag. Ein abwechslungsreicher Tag. Ein Tag zum Träumen.

Habibi schmunzelte. Habibi war glücklich. Die Zukunft, auf die er so sehnlichst gewartet hatte, schien zum Greifen nah. Nein, sie war da. Habibi freute sich. Über seine Frau. Über seine Tochter. Über die gelungene Flucht. Und - auf den neuen Erdenbürger.

Rashid kam im März 2019 auf die Welt. Rashid - der Weise, der Kluge, der Vernünftige. Rashid, der Rechtsgeleitete. Nach Julia ein weiterer kleiner Hoffnungsträger.

Habibi war angekommen. In einer Familie, in seiner Familie, mit seiner Familie. Ein wenig auch in der neuen Heimat. Habibis Reise neigte sich einem Ende entgegen. Zu Ende war sie nicht.

Dazu gehört, dass sie wieder ihre Angehörigen sehen und in die

Arme schließen können. Dazu zählt, sie fest zu umarmen, zu drücken und damit unsere Zuneigung und Liebe auszudrücken.

Das bedeutet, aufeinander Acht zu geben und hoffentlich bald zu einem normalen Leben zurückzukehren. Mit ein bisschen mehr Frieden in Anbetracht der vielen Kriege und Krisen. Und mit ganz viel mehr Gesundheit.

Doch das wird eine andere Geschichte. Eine ganz andere Geschichte.

Und wir wollen ja nicht vorgreifen. Denn das würde ihm gar nicht gefallen. Gar nicht gefallen.

40

Habibi und Hayfa mit Julia und Rashid

Ahmad Shamlu - Du und ich

„Du und ich sind eines Mundes,
der mit gesammelter Stimme
noch schönere Lieder singt.

Du und ich sind vereinte Augen,
die die Welt in jedem Augenblick
aus ihrer Sicht frischer gestalten.

Abscheu
Gegen alles, was uns aufhält,
eingrenzt
und zwingt, zurückzuschauen.

Eine Hand, die kühn über das
Nichtige
einen Strich zieht.

Du und ich sind eine Leidenschaft
feuriger als jede Flamme.

Niemals wird uns eine Niederlage
besiegen,
denn die Liebe
hat uns unverwundbar gemacht.

Und die Schwalbe,
die unter unserem Schutzdach,
ihr Nest gebaut hat,
wird durch ihr eiliges Kommen
das Haus mit einem
verlorenen Gott füllen."

So sei es. Inschallah.

Ende - oder doch nur ein neuer Anfang?

Gönne dich dir selbst! Ich sage nicht: Tu das immer. Ich sage nicht: Tu das oft. Aber ich sage: Tu es immer wieder einmal. Sei wie für alle anderen auch für dich selbst da!

Ende☺